W0015612

Dino

In der Buchreihe zur RTL-Serie „Hinter Gittern“
sind bisher erschienen:
Band 35: Die Geschichte der Kerstin Herzog
Band 34: Sascha & Kerstin – Liebe in Fesseln
Band 33: Die Geschichte der Sascha Mehring
Band 32: Die Geschichte der Simone Bach
Band 31: Nina und Andy – Verbotene Gefühle
Band 30: Die Geschichte der Raffaella Caprese
Band 29: Die Geschichte der Nina Teubner
Band 28: Die Geschichte der Melanie Schmidt
Band 27: Die Geschichte der Martina & Mareike Vattke
Band 26: Simone Bach – Alles aus Liebe
Band 25: Die Geschichte des Jörg Baumann
Band 24: Die Geschichte der Ruth Bächtle
Band 23: Die Geschichte der Jutta Adler
Band 22: Walter – Liebe hinter Gittern Teil 3
Band 21: Die Geschichte der Denise Hartung
Band 20: Die Geschichte der Bea Hansen
Band 19: Die Geschichte der Uschi König
Band 18: Die Geschichte der Anna Talberg
Band 17: Die Vattkes – auf Leben und Tod
Band 16: Jutta Adler und die Liebe
Band 15: Walter – Liebe hinter Gittern Teil 2
Band 14: Die Geschichte der Eva Baal
Band 13: Die Geschichte der Jule Neumann
Band 12: Die Geschichte der Sofia Monetti
Band 11: Die Geschichte der Mona Suttner
Band 10: Walter – Liebe hinter Gittern Teil 1
Band 9: Die Geschichte der Conny Starck
Band 8: Die Geschichte der Margarethe Korsch
Band 7: Die Geschichte der Sabine Sanders
Band 6: Maximilian Ahrens – Ein Leben hinter Gittern
Band 5: Die Geschichte der Katrin Tornow
Band 4: Die Geschichte der Christine Walter
Band 3: Die Geschichte der Vivien Andraschek
Band 2: Die Geschichte der Blondie Koschinski
Band 1: Die Geschichte der Susanne Teubner

Sonderband:
Der Knast-Guide – Die ganze Welt von Hinter Gittern

Sonja Körner

HINTER GITTERN
der Frauenknast

Fisch & Co. – Trio Infernale
Misstrauen, Verrat und Eifersucht

Die Deutsche Bibliothek – CIP-Einheitsaufnahme
Ein Titeldatensatz für diese Publikation ist bei der Deutschen Bibliothek erhältlich.

Vielen Dank an Anja Schierl – RTL, Georg Kemter und
Fritz Ehrhardt – Grundy UFA für ihren Einsatz und ihre
Unterstützung bei der Entstehung dieses Buches.

Dieses Buch wurde auf chlorfreiem,
umweltfreundlich hergestelltem Papier gedruckt.

Bd. 36: Fisch & Co. – Trio Infernale
Misstrauen, Verrat und Eifersucht
Chefredaktion: Claudia Weber
Redaktion: Nicole Hoffart
Lektorat: Waltraud Ries
Fotos: Stefan Erhard
Umschlaggestaltung: TAB Werbung, Stuttgart
Satz: Greiner & Reichel, Köln
Druck: Panini S. p. A. Modena, Italien
ISBN: 3-8332-1133-4

www.panini.de

1.

Durch die Gitterstäbe hindurch sah Fisch einen Pulk von Frauen in einheitlicher Anstaltskleidung. Die Schlüssel klapperten, als der Beamte das Schloss zur Station B öffnete. Gleich würde sie eine von ihnen sein. Sie hörte Nancys schweren Atem und roch ihren säuerlichen Angstschweiß. *Lass dir nur ja nichts anmerken*, dachte sie konzentriert. Ihre Gesichtszüge versteinerten, als sie an den anderen vorbei durch die Station geführt wurde. Sie klammerte sich fest an den Korb mit den Sachen, die sie mitnehmen durfte. Ihren Blick heftete sie auf eine der Zellentüren. Besser niemanden angucken. Dann hörte sie eine Frauenstimme:

„Brutale S-Bahn-Schubser vor Gericht – sie zeigen keine Reue! Heidrun F., Kathleen K. und ihre Kusine Nancy K. stießen einen jungen Mann auf die Bahngleise am Bahnhof Zoo, weil er ihnen keine Zigarette geben wollte. Das Opfer überlebte schwer verletzt."

Ein Raunen ging durch die Station. Die Schlagzeilen galten ihr, Nancy und Kalle. Sie waren eine Gang. Fisch spürte ihr Blut pulsieren. Sie hätte sich am liebsten vergraben. *Wann ist dieser Spießrutenlauf endlich vorbei*, dachte sie angespannt.

Auf der Zelle wurden sie von der Italienerin Raffaella mit

skeptischen Blicken empfangen. Fisch deutete grußlos mit dem Kopf auf zwei leere Betten.

„Unsere?"

„Freut mich auch ...", antwortete Raffaella pampig.

„Ich bin Nancy ...", sagte Nancy leise und schaute dann zu Fisch.

„Und das ist Fisch." Nancy lächelte Raffaella kurz schüchtern an und sah dann schnell wieder weg.

„Fisch? Was ist denn das für'n beschrubbter Name?", blaffte Raffaella und entdeckte gleichzeitig das tätowierte Fischskelett auf Fischs Rücken.

„Eigentlich heißt sie Heidrun", erklärte Nancy schnell.

Fisch wollte keine Vertraulichkeiten und zischte Nancy zu:

„Geht *die* das was an?"

Nancy biss sich gedeckelt auf die Unterlippe und gab sich unterwürfig: „Du kannst das Bett oben haben, wenn du willst."

„Ja klar. Denkst du, ich schlafe unter dir Tonne? Ich bin doch nicht lebensmüde." Fisch haute sich auf ihr Bett und starrte genervt an die Decke. Nancy stand etwas hilflos im Raum – und gab sich schließlich einen Ruck. „Ich pack dann mal unsere Sachen aus." Sie griff eifrig nach Fischs Korb, aber Fisch hielt sie mit donnernder Stimme zurück:

„Wag es ..."

Nancy zuckte ein wenig zusammen und ließ sofort von Fischs Sachen ab. Die Stimmung zwischen ihnen blieb den ganzen Tag eisig.

In der Nacht schluchzte Nancy in ihr Kissen. Der Knast, die neue Situation, Fischs barsches Verhalten – das war einfach zu viel für sie. Auf die anderen Frauen wirkte sie wie ein Riesenbaby: fett und heulend.

„Kann man die mal abstellen? Wir müssen morgen früh raus", sagte Raffaella genervt. Aber Nancys Schluchzen hörte nicht auf. Raffaella machte die Leselampe an und forderte Fisch energisch auf: „Vielleicht sagst *du* mal was?!"

„Hey, kommandier mich nicht rum." Fisch klärte mit strengem Ton die Fronten und strich sich dabei resolut die rote Strähne aus dem Gesicht. Nancy rief mittlerweile hilflos nach Kalle, der Dritten im Bunde der S-Bahn-Schubser. Sie musste wegen weiterer Überfälle noch einmal vor Gericht. Raffaella stöhnte. „Ich denk, ihr seid so hart drauf – und dann so'n Theater."

Fisch spürte eine riesige Wut in sich aufsteigen und sprang aus dem Bett. Sie bugsierte Nancy in die Nasszelle. Als sie abgeschlossen hatte, packte sie Nancy an den Haaren und drückte sie mit aller Kraft in die Kloschüssel. Sie spürte, wie Nancy verzweifelt versuchte nach Luft zu ringen. Aber Fisch sah ohne Mitleid den aufsteigenden Wasserblasen beim Platzen zu.

„Halt die Fresse! Verdammt. Kapierst du das, du Spasti? Du sollst deine Scheißfresse halten."

Danach war die Nacht ruhig. Am nächsten Morgen sammelten sich die Frauen auf der Station vor den Zellen. Während Nancy mit halb offener JVA-Latzhose etwas dämlich aus der Zelle stolperte, trat Fisch ganz besonders cool auf. So, als könnte ihr nichts etwas anhaben.

Sie wurde mit Raffaella in der Werkstatt eingeteilt. Nancy mit Simone in der Gärtnerei. Nancys Mundwinkel sanken nach unten:

„Aber ich will auch in die Werkstatt. Ich will bei Fisch bleiben," jammerte sie. Die Frauen johlten und äfften Nancy nach. Fisch war das extrem peinlich, aber sie ließ sich vor den anderen nichts anmerken.

Ehe sich Fisch versah, kam der Alltag in Reutlitz. Sie musste arbeiten, ohne viel Geld und mit Gitterstäben vor den Fenstern: Schrauben zählen, Stühle lackieren, Sachen reparieren. Toll! In hässlicher Anstaltskleidung – das T-Shirt hatte sie wenigstens über dem Bauchnabel zusammengebunden – und dann auch noch mit Raffaella. Na ja, vielleicht noch besser als mit Nancy. Das Geheule konnte ja niemand ertragen. Aber Raffaellas Quatscherei auch nicht: Immer wieder erzählte sie von sich und fragte Fisch Löcher in den Bauch. Aber Fisch hatte keine Lust auf Plaudereien. Sie mauerte. Raffaella ließ trotzdem nicht locker. „Sag mal, das mit dem Typen und der S-Bahn, war das wirklich nur wegen einer Kippe?"

Fisch antwortete nicht gleich. Dann sagte sie mit ungerührter Miene: „Und du bist hier, weil du einen totgelabert hast. Oder?"

In diesem Augenblick kam Neumeier herein. „Frau Caprese? Sie sollen der Teubner bei der Deckenbeleuchtung auf der D helfen."

Raffaella seufzte genervt.

„Caprese? – Was ist das eigentlich für'n beschrubbter

Name?" Das war das Einzige, was Fisch über die Lippen bekam.

Raffaella streckte sich und sagte mit erhobenem Kopf: „Ich bin aus Sardinien."

Fisch sah sie verständnislos an. Sie konnte einfach nicht begreifen, wie man darauf stolz sein konnte.

Die JVA-Chefin Eva Baal machte später am Tag auf dem Flur von Station B eine große Ansage: Station C sollte renoviert werden. Die Frauen könnten sich ein bisschen Extra-Geld verdienen. In Wahrheit gab es einen Beschluss der Justizverwaltung, einen Hochsicherheitstrakt zu bauen. Es gab aber kein Geld. Die Frauen waren billige Arbeitskräfte und wohl dumm genug, sich ihre eigene Folterkammer zu bauen ... Sie durften eben nur nichts davon erfahren.

Die Reaktionen waren unterschiedlich: Walter zeigte sich skeptisch, Raffaella meldete sich sofort freiwillig.

„Du auf 'ner Baustelle? Dass ich nicht lache," sagte Fisch herausfordernd.

Raffaella sah Fisch fragend an. Die lachte angriffslustig. „Man weiß ja, wie die Itaker bauen. Alles husch-husch und dann bricht die Bude ein. Ihr Spaghettifresser macht doch nur Schrott." Fisch sah grinsend in die Runde und wartete auf Zustimmung, aber die Frauen starrten sie abwartend an. Nur Nancy nickte. Darauf konnte Fisch allerdings verzichten. Sie fühlte sich plötzlich unwohl, weil sie eine feindselige Wand spürte und sagte mit einem dünnen Lächeln schnell hinterher: „Hey, war nur ein Scherz."

„Frau Bach, Frau Fischer, Frau Tiez – Sie haben Besuch", sagte die Schließerin Birgit Schnoor. Fisch war gerettet. Gleichzeitig ging ihr Herz schneller. *Papa?*, dachte sie aufgeregt. *Vielleicht ist er ja gerade gekommen? Bitte, lass es Papa sein.* Sie drehte nervös an den Anhängern ihrer Kette. Ein Geschenk ihrer Eltern. Es war ihr Glücksbringer.

Tausend Dinge gingen ihr auf dem Weg in den Besucherraum durch den Kopf. Sie würde sich in großem Stil bei ihm entschuldigen. Für den Knast und so weiter. Dann würden sie sich in den Arm nehmen und alles wäre wieder gut. Alles wäre erträglicher. Fisch seufzte innerlich. Als sie nur ihre Mutter am Tisch warten sah, spürte sie, wie ihr vor lauter Enttäuschung die Kraft aus dem Körper wich. Am liebsten wäre sie gleich wieder gegangen, aber Natascha stand auf und kam Fisch lächelnd entgegen. Sie umarmte ihre Tochter. Mit hängenden Armen ließ Fisch diese Zärtlichkeit über sich ergehen.

„Heidrun – moya kukolka ..."

Fisch wurde ein bisschen rot und sagte leicht abwehrend: „Mama ..." Der Beamte meckerte über die unerlaubte Berührung. Fisch atmete erleichtert auf. Natascha ließ Fisch eingeschüchtert los und sie setzten sich.

„Wie geht es Papa?", fragte Fisch ihre Mutter mit großen Augen. Das war das Einzige, was sie jetzt interessierte.

Natascha antwortete auf Russisch: „Gut geht es ihm."

Fisch sah angespannt auf ihre Hände und zögerte einen Moment. „Warum ist er nicht mitgekommen?

Natascha schluckte und sah ihre Tochter verlegen an.

„Na ja – er hat viel Arbeit", erklärte sie auf Russisch.

Die Antwort passte Fisch überhaupt nicht. Ruppig erwiderte sie: „Mama. Du sollst deutsch mit mir reden.“ Fisch konnte es nicht leiden, wenn ihre Mutter russisch sprach. Sie waren deutsche Spätaussiedler aus Russland und lebten jetzt zu Recht in Deutschland. Basta. Natascha antwortete kleinlaut auf Deutsch:

„Du weißt doch, dass er immer so viel arbeitet.“ Fisch schluckte und nickte dann betont unbeteiligt. Sie wusste, dass das eine Lüge war und zwang sich, ihre Mutter anzulächeln.

„Aber viele Grüße soll ich dir ausrichten,“ sagte Natascha noch schnell hinterher. Fisch nickte nur stumm. Ihre Mutter redete schnell weiter. „Wie geht es dir denn? Brauchst du was? Ein bisschen Obst oder was Süßes?“

„Nein – alles okay,“ sagte Fisch tonlos.

Natascha sah sich im Besucherraum um und verzog sorgenvoll das Gesicht. „Das ist schrecklich hier. Moya kukolka – mein Püppchen – allein mit diesen Menschen …“

Fisch sah sich unbehaglich um. „Nenn mich nicht immer Püppchen! Verdammt!“

Natascha zuckte zusammen. „Wenn du Nancy und diese Kathleen nicht kennen gelernt hättest, dann wäre das alles nicht passiert. *Die* sind an allem Schuld …“ Natascha holte ihr Taschentuch heraus und schniefte laut. Fisch wurde das rührselige Verhalten ihrer Mutter immer unangenehmer. „Hör auf. Ich komme schon klar.“ Sie versuchte ihre Mutter schnell zu verabschieden. Sie wollte alleine sein.

Zurück in der Zelle legte sie sich bäuchlings auf ihr Bett und versuchte ihrem Vater einen Brief zu schreiben. Vor ihr lag der Briefblock auf dem Kopfkissen. Nachdenklich drehte sie ihre Kette zwischen den Fingern. Sie setzte zögerlich den Stift zum Schreiben an.

Lieber Papa! Ich weiß, dass du enttäuscht bist. Es tut mir alles so Leid …

Aber sie wurde von Nancys weinerlicher Stimme unterbrochen: „Fisch? Fisch – schläfst du schon?“

„Ja“, antwortete Fisch gereizt.

„Kann ich zu dir ins Bett?“, jammerte Nancy. Fisch stöhnte genervt. Raffaella prustete los, aber Nancy weinte leise weiter. Fisch lehnte sich aus ihrem Bett und sagte drohend: „Willst du ins Bad?“

Nancy schwieg verängstigt und Fisch konnte sich wieder ihrem Schreibblock zuwenden. Sie zögerte, dann griff sie nach dem Papier und knüllte es ärgerlich zusammen. Sie kaute an dem Stiftende und überlegt einen Moment, dann setzte sie wieder an.

Lieber Papa. Es ist nicht leicht für mich …

Wieder hielt sie inne. Waren das die richtigen Worte? Sie riss genervt das Blatt ab und knüllte es erneut zusammen. Das hatte doch alles keinen Sinn. Sie ließ sich ins Bett sinken und stierte an die Decke. Sie sah ihren Vater, wie er sie früher als kleines Mädchen immer in die Luft geworfen hatte. Er lachte. Es war ein glückliches, ein stolzes Lachen gewesen. Aus und vorbei. Fischs Herz zog sich zusammen. In der Nacht träumte sie wirres Zeug und wachte am nächsten Morgen schlecht gelaunt auf.

Als Walter mit der Unterschriftenliste für die Versetzung des Schließers Andy Wagner herumging, verweigerte sie sich. Auch wenn er eine von ihnen abgeknallt hatte, machte Fisch noch lange nicht das, was man von ihr verlangte. Walter fand das gar nicht lustig. „Seit wann entscheiden hier Neulinge, was sie machen und was nicht?“

Nancy guckte ängstlich. Fisch tat bemüht cool. Sie wussten ja noch gar nicht, mit wem sie es hier zu tun hatten. Walter hielt Fisch den Stift hin. „Wenn ich bitten darf ...“

Fisch guckte erst frech auf den Stift und dann provozierend zu Walter. „Warum schiebst du ihn dir nicht einfach in den Arsch?“

Die Frauen hielten die Luft an. Ein Neuling legte sich mit Walter an. Ganz schön mutig. Walter sah Fisch an und fing schallend an zu lachen. Nancy lachte erleichtert mit, nur um kurz darauf erschrocken abzubrechen. Von einer Sekunde auf die andere verwandelte sich Walters Gesichtsausdruck in eine finstere Fratze. Sie verpasste Fisch eine solche Ohrfeige, dass sie durch die Wucht auf die Erde fiel. Den Stift und die Liste knallte sie direkt hinterher. Nancy ballte die Fäuste und wollte gerade auf Walter los, als Fisch geschlagen sagte: „Lass gut sein.“ Sie spürte Walters Macht und unterschrieb notgedrungen. Sie hatte erst mal keine andere Wahl.

Sie fühlte sich etwas ohnmächtig und rief kurz darauf ihre Eltern an, in der Hoffnung auf ein Zeichen ihres Vaters. Vielleicht war sie ja wenigstens damit erfolgreicher. Ihre Mutter begrüßte sie lieb wie immer, aber das war es nicht, was Fisch wollte. Sie spielte nervös mit dem Telefonkabel. „Kommt ihr morgen?"

„Natürlich, moya kukolka."

„Mama!", rügte Fisch das Russisch ihrer Mutter.

„Soll ich dir etwas mitbringen?", fragte ihre Mutter auf Deutsch.

Fisch überhörte die Frage und sagte zögerlich: „Kommt Papa mit?" Sie drehte das Telefonkabel noch fester um ihre Finger und spürte dabei das Blut heftig in ihren Adern pulsieren.

Die Stimme ihrer Mutter klang weich. „Natürlich kommt er. Warte …" Im Hintergrund fragte sie ihren Mann:

„Everhard, du kommst doch morgen mit zu Heidrun?!"

Fisch hörte ihren Vater im Hintergrund. Er brummelte unverständliches auf Russisch. Fisch wurde immer nervöser und biss sich auf die Fingernägel.

Ein Beamter forderte Fisch auf, zum Essen zu gehen. Sie warf ihm einen bösen Blick zu und dann endlich sagte ihre Mutter die erlösenden Worte: „Ja – er kommt mit."

Fisch atmete erleichtert aus. Sie gab sich ihrer Mutter gegenüber gleichgültig, aber innerlich jubelte sie. Morgen würde es so weit sein.

2.

Fisch dachte an nichts anderes als an den Besuch ihres Vaters. Sie überlegte die ganze Zeit, was sie ihm sagen würde. Ihre Arbeit in der Werkstatt war eine gute Gelegenheit, die Zeit schneller rumzukriegen.

Als Raffaella und Fisch vor der Werkstatt eine Glühbirne montierten, trauten sie ihren Ohren nicht. Sie belauschten ganz zufällig ein Gespräch zwischen Eva Baal und Birgit Schnoor. Da war ihnen ganz schnell klar, was die Gefängnisleitung mit den Bauarbeiten auf Station C wirklich vorhatte. Die Nachricht verbreitete sich wie ein Lauffeuer und die Empörung war groß. Hochsicherheitstrakt! Erst sollten sie Mauern hochziehen und anschließend selber darin schmoren? Das sollte wohl ein schlechter Scherz sein. Aber Eva Baal ließ sich auf keine Diskussion ein. Sie fuhr ihre gewohnt harte Schiene und ließ sich nicht die geringste Schwäche anmerken. Der Druck von ihrer Vorgesetzten Frau Kaltenbach war zu groß. Wenn sich die Frauen nicht darauf einlassen würden, wäre das Arbeitsverweigerung und dafür gab es genügend Möglichkeiten der Bestrafung. Auch Geld war in diesem Fall kein wirklicher Köder. Die Frauen waren stinksauer und trommelten mit Händen und Füßen gegen Baals Entscheidung. Sollte doch der Kiosk gestrichen werden, Fernsehen und Besuche.

„Keine Besuche?" Fisch war alarmiert. Wenn sie also bei den Bauarbeiten nicht mitmachen würden, könnte sie ihren Vater nicht sehen. Das war unmöglich. Wer weiß, ob er sonst noch einmal kommen würde ... Fisch bekam einen leichten Anflug von Panik.

Am nächsten Tag mussten sich die Frauen auf Baals Anweisung auf dem Hof zum Arbeitsantritt versammeln.

„Sie kennen Ihre Arbeit. Also fangen Sie an", sagte sie im strengen Ton. Die Frauen standen ihr mit verschränkten Armen gegenüber.

„Da kannst du lange warten." Walter sprach für alle.

Eva Baal blitzte sie böse an. „Frau Walter – ich warne Sie. Der Hochsicherheitstrakt wird gebaut. Wenn Sie nicht kooperieren, können Sie als Erste die neuen Zellen ausprobieren. Also ..."

Niemand reagierte und Eva Baal griff zu härteren Methoden. „Dann gilt Einkaufsverbot, das Knastradio findet nicht statt und sämtliche Besuche sind gestrichen."

Fisch zuckte innerlich zusammen. *Das darf auf keinen Fall passieren,* dachte sie kämpferisch. *Ich lass mir von den Frauen nichts kaputtmachen*. Ihr Herz ging ein bisschen schneller. Niemand sagte ein Wort. Die Stimmung war ziemlich angespannt. Fisch zögerte noch einen kleinen Moment, dann machte sie einen Schritt nach vorn. Raffaella wollte sie zurückhalten und griff nach Fischs Arm. „Bist du verrückt? Lass das ... Das ist Hochverrat."

Aber Fisch ließ sich nicht irritieren. Sie schüttelte Raffaellas Arm entschlossen ab und bahnte sich trotzig den Weg durch die johlenden Frauen hindurch. Walter musterte sie eisig. Die Buh-Rufe schallten gnadenlos laut in Fischs Ohr, aber sie sah immer nur ihren Vater vor Augen. Alles andere war ihr egal. Sie duckte sich lediglich vor dem Sand, der auf sie geworfen wurde.

„Streikbrecher!“

„Das wirst du büßen.“

„Mach dein Testament.“ Das war der Chor, der sie auf dem Weg zur Arbeit begleitete. Fisch biss sich trotzig auf die Unterlippe und schulterte unter Anfeindung der Frauen verbissen einen Sack Zement. Eva Baal beobachtete sie mit siegessicherem Lächeln, aber Fisch schuftete einzig und allein für den Besuch ihres Vaters.

Als Fisch nach getaner Arbeit schlafen ging, war sie mit sich zufrieden. Die anderen bedeuteten ihr gar nichts. Die Meinung ihres Vaters war ihr tausend Mal wichtiger als eine Horde wütender Frauen. Sie verschwendete keinen einzigen Gedanken daran. Sie malte sich lieber ein Gespräch mit ihrem Vater aus. Aber Raffaella kam und störte sie. „Wieso hast du dich von der Baal einwickeln lassen? Den Streik zu brechen – so was Bescheuertes“, flüsterte sie.

Fisch war genervt. Sie wollte lieber weiterträumen. „War's das?“, sagte sie patzig.

Raffaella sah Fisch verständnislos an. „Ist dir klar, dass die morgen Hackfleisch aus dir machen?“

„Ist *dir* klar, dass ich gleich Hackfleisch aus *dir* mache?“

Raffaella hob genervt abwehrend die Hände und verschwand in ihrem Bett.

Fisch drehte sich auf den Rücken und schloss gequält die Augen. Ihre Nacht war ein wenig unruhig, auch weil Nancy wieder in die Kissen heulte.

Am nächsten Morgen wachte sie mit Magenschmerzen auf. Sie musste an Raffaellas Worte denken: *Die machen Hackfleisch aus dir …* Bevor auch nur ein Funken von Schwäche in ihr aufkeimen konnte, wurde sie lieber wütend und ließ es an Nancy aus.

„Du alte Sau!" Fisch stand erbost vor Nancy und zeigte auf den Urinfleck auf dem Bettlaken. Nancy weinte bitterlich. Sie hatte ins Bett genässt wie ein Kleinkind und das war ihr über alle Maßen peinlich.

„Es tut mir Leid", jammerte Nancy.

„Mach die Schweinerei weg, und zwar plötzlich", schimpfte Fisch in brutalem Ton.

Als Simone hereinkam, schlug Nancy schnell schützend die Bettdecke über das Laken. Fisch drängte sich rüde an Simone vorbei und verließ die Zelle.

Simone sah Nancy fragend an. Ihr tränennasses Gesicht machte Simone stutzig. Sie setzte sich zu Nancy und fragte liebevoll nach ihrem Problem. Ganz anders als Fisch. Mit Kalle wäre alles einfacher gewesen. Nancy vermisste sie schrecklich. Aber bald schon fasste sie Vertrauen zu Simone und erzählte unter dem Druck ihrer Sorgen, was passiert war. Endlich war mal jemand nett zu ihr. Simone versprach, niemandem etwas zu erzählen und wollte Nancy helfen. Nancy war überglücklich, wenigstens einen Menschen zu haben, mit dem sie reden konnte. Simone war von jetzt an ihre Freundin.

Nina und Raffaella war der Gestank in der Zelle trotzdem aufgefallen. Sie durchsuchten alle Ecken und Ritzen nach der Ursache. Raffaella sah sich Fischs Bett an und fand einen kleinen Stoffbeutel. Sie griff neugierig danach. „Oha ..."

„Was gefunden?", fragte Nina.

Raffaella nickte, öffnete den Beutel und dabei fiel eine Fotografie heraus. Sie erkannte Fisch als kleines Mädchen mit Zöpfen und riesigen Schleifen. Sie stand neben einem Mann. Raffaella musste lachen. So unschuldig hatte also die S-Bahn-Schubserin mal ausgesehen.

„Was gibt's zu lachen?"

Raffaella und Nina fuhren ertappt herum und erblickten Fisch, die sichtbar lädiert im Türrahmen stand und sich den Magen hielt. Walter und Konsorten hatten der Streikbrecherin eine gehörige Abreibung verpasst. Als Fisch aber das Foto in Ninas Hand bemerkte, bäumte sie sich trotz Schmerzen noch einmal gehörig auf. „Bist du bescheuert? Lass meine Sachen in Ruhe, du blöde Kuh." Fisch packte Nina wütend am Kragen.

„Ihr sollt mein Zeug nicht anfassen. Geht das in deinen verschissenen Schädel?" Fisch war beinahe hysterisch. Sie griff nach dem Stoffbeutel und dem Foto und verschwand in der Nasszelle. Sie fühlte sich auf der ganzen Linie gedemütigt. Die Schläge konnte sie ja noch verkraften. Aber das jemand in ihren Privatsachen wühlte und sich über ihr liebstes Familienfoto – ihre einzige Erinnerung an ihren Vater – lustig machte, das ging zu weit. Sie strich das Foto liebevoll glatt und polierte es mit dem Ärmel ihres T-Shirts wieder sauber.

Raffaella und Nina konnten nicht verstehen, warum Fisch

wegen eines Fotos so einen Aufstand machte. Aber Nancy versuchte es ihnen zu erklären. „Fisch ist ein bisschen komisch mit ihren Sachen. Darfst du ihr nicht übel nehmen."

„War das ihr Vater auf dem Foto?", fragte Raffaella neugierig.

Nancy nickte eifrig. „Fisch hängt total an dem. Die sind erst vor ein paar Jahren nach Deutschland gekommen – aus Russland. Und Fischs Papa, na ja, sie war immer sein Püppchen."

Plötzlich stand Fisch hinter ihnen. Nancy schluckte schuldbewusst.

„Kannst du einmal dein Maul halten? Oder ist das zu viel verlangt?", zischte Fisch aufgebracht.

„Aber ich wollte nur ...", antwortete Nancy hilflos entschuldigend.

„... über mich tratschen, um dich wichtig zu machen. Aber jetzt erzähl ich erst mal was über dich."

Nancy sah Fisch ängstlich an. Sie wusste, was jetzt kommen würde. „Bitte – Fisch – nicht ..."

Aber Fisch war zu wütend. „Du blöde Pissnelke!" Sie stürmte in die Zelle und kam mit Nancys Matratze wieder, die sie ihr vor die Füße schmiss. Plötzlich guckten alle nur noch auf den großen gelben Fleck. Der Schließer Andy Wagner wurde aufmerksam. „Was ist hier los?"

Fisch lachte dreckig: „Die pisst ins Bett – die Sau."

Nancy stiegen die Tränen in die Augen.

„Na ja ... ähm, okay, ich regle das", stammelte Andy Wagner hilflos.

„Und wie? Willst du ihr 'ne Windel verpassen?", fragte Fisch hämisch.

Nancy schluchzte laut auf und rannte so schnell sie konnte in ihre Zelle. Simone folgte ihr besorgt.

Fisch weigerte sich, auf Andys Befehl hin die Matratze zurückzubringen. Die Blöße wollte sie sich vor den anderen nicht geben. Aber Wagner drohte mit Meldung an die Baal. Fisch blieb trotzdem hartnäckig.

„Ich denk, du bist so scharf auf deinen Besuch", sagte Raffaella spitz.

Fisch guckte sie fragend an.

„Wenn du so weitermachst, kannste das knicken", fügte Raffaella hinzu.

Fisch musste schlucken. Ihre vermeintliche Sicherheit kehrte sich plötzlich ins Gegenteil um. Dann wäre der ganze Ärger mit der Streikbrecherei umsonst gewesen. Fisch bückte sich schnell und schleppte die Matratze zurück in die Zelle. Für den Besuch ihres Vaters hätte sie alles getan.

In der Werkstatt war Fisch ganz kleinlaut. „Danke übrigens", sagte sie leise und mit rauer Stimme zu Raffaella.

„Wofür?", fragte Raffaella erstaunt über den freundlichen Ton.

„Na, dass du mich gewarnt hast. Wegen der Baal …" Sie musste Raffaella ja nicht auf die Nase binden, dass sie Angst um ihren Besuch hatte. Raffaella nickte nur. Beide arbeiteten schweigend weiter. Nach einer Pause sagte Fisch:

„Für'n Itaker bist du echt okay."

Raffaella grinste schief. Sie probierte es noch mal auf die nette Tour: „Kommst du wirklich aus Russland?"

Fisch nickte. „Aber meine Vorfahren stammen aus Deutschland, vom Niederrhein."

„Meine Eltern sind waschechte Italiener. Und so führen sie sich auch auf", antwortete Raffaella. Beide lächelten sich zu. Fisch war so froh über Raffaellas Warnung. Trotzdem war sie bemüht, nicht zu viel Vertraulichkeit aufkommen zu lassen.

„Kurze Pause?", fragte Fisch burschikos. Sie zog eine Packung Zigaretten aus ihrer Jacke und hielt sie Raffaella hin. „Ich bin dran. Hoffentlich sind die nicht zu stark für dich."

„Mich haut so leicht nichts um ...", sagte Raffaella grinsend und nahm sich eine Zigarette. Fisch steckte die Zigarette zwischen Mittel- und Ringfinger. Das war so eine Marotte von ihr. Sie rauchten beide schweigend und während Fisch einen tiefen Zug nahm, spürte sie ein tiefes Gefühl von Freude über die entspannte Atmosphäre und den kommenden Besuch.

Dann war es endlich so weit. Fisch fühlte ein aufgeregtes Kribbeln, als sie von einem Beamten in den Besucherraum geführt wurde. Alle Sätze, die sie sich zurechtgelegt hatte, waren plötzlich weg.

Ihre Eltern warteten bereits an einem Tisch. Fisch nahm ihre ganze Kraft zusammen und versuchte ihre Blessuren von der Prügelei zu vertuschen. Sie sollten nichts Schlechtes von ihr denken. Während Fisch bemüht aufrecht und locker auf ihre Eltern zuging, stand ihre Mutter schon auf und sah Fisch liebevoll an. Der Vater blieb sitzen. Fisch suchte seinen Blick und lächelte ihm zu, aber er verzog keine Miene. Sein ernster Blick war für sie wie ein Schlag in die Magengrube.

„Moya kukolka – wie geht es dir?“ Natascha berührte ihre Tochter am Arm und Fisch schreckte vor Schmerz zurück.

„Was hast du denn?“, fragte ihre Mutter besorgt.

Fisch konnte und wollte nicht antworten. Das war ihr viel zu unwichtig. Sie schaute ihren Vater erwartungsvoll an. Schüchtern sagte sie leise: „Hallo, Papa.“

„Heidrun“, erwiderte der Vater reserviert. Fisch fühlte, wie sich ihre Freude in Angst verwandelte. Das Schweigen zwischen ihnen machte es nicht gerade besser. Fischs Körper spannte sich immer mehr an. Sie drehte ihren Nasenring nervös hin und her. Ihre Mutter guckte ängstlich zwischen ihrem Mann und ihrer Tochter hin und her.

„Schau mal, was wir dir mitgebracht haben: Piroggen“, sagte Natascha betont geschäftig. Sie holte einen Teller mit Piroggen aus ihrer Tasche und stellte ihn auf den Tisch. Fisch hielt die Pirogge nur in ihren Händen. Sie brachte kein Stück hinunter. Ihr Magen hatte sich zu einem Klumpen zusammengezogen. Zaghaft sah sie ihren Vater an. Sie spürte Wärme in ihre Wangen aufsteigen.

„Ich weiß, dass ich einen Fehler gemacht habe. Es tut mir Leid.“ Fischs Stimme erstarb. Sie spürte die Mauer, die ihr Vater um sich aufgebaut hatte. Er verzog keine Miene, sondern sah Fisch nur ernst an. Natascha mischte sich eilig ein. „Natürlich Heidrun, das wissen wir doch.“

„Sobald ich hier raus bin, mach ich eine Ausbildung. Und dann fange ich ein ganz neues Leben an“, ergänzte Fisch eilig.

„Wie willst du das machen? Keiner wird einer Verbrecherin Arbeit geben“, war das Erste, was ihr Vater über die Lippen brachte. Seine Stimme klang enttäuscht und ein bisschen bitter.

„Wenn ich mir Mühe gebe ...", sagte Fisch kleinlaut.

„Heidrun ist doch ein liebes Mädchen ...", setzte Natascha an. Aber Everhard brachte seine Frau mit einer Geste zum Schweigen. Er sah Fisch ernst an.

„Weißt du nicht mehr, wie schwer es war, als wir hierher gekommen sind? Warum machst du das alles kaputt?"

Fisch sah ihren Vater betroffen an.

„Du hast alles zerstört, was wir uns aufgebaut haben. Alles!", setzte er mühsam beherrscht fort. Fisch guckte betreten auf die Erde. Sie spürte ihre Schmerzen im Körper plötzlich stärker als vorher. Warum konnte ihr Vater sie nicht einfach in den Arm nehmen?

„Es tut mir Leid", flüsterte sie. Fisch sah ihren Vater ängstlich-bittend an. Es entstand eine Pause. Everhard stand schließlich auf und sah Fisch verächtlich, aber auch schmerzvoll an.

„Dafür ist es zu spät. Ich will nichts mehr mit dir zu tun haben." Seine Stimme war brüchig. Fisch hatte das Gefühl, innerlich zu explodieren. Sie suchte nach Worten, um ihren Vater noch vom Gegenteil zu überzeugen. Aber sie war wie gelähmt. Ihre Mutter schluchzte.

„Komm", sagte Everhard streng zu seiner Frau. Er stand auf und ging in Richtung Ausgang. Natascha stand ebenfalls zögerlich auf und schaute ihre Tochter entschuldigend an. Sie streichelte Fisch über das Haar. Fisch saß wie betäubt auf ihrem Stuhl. Sie sah ihrem Vater nicht hinterher. Sie wusste, er würde sich nicht mehr umdrehen.

3.

Fisch ließ sich von einem Beamten zurück auf den Gefängnishof bringen. Sie sah ihre Eltern in Richtung Schleuse gehen. Das Bild war so unwirklich wie ein schlechter Traum. Sie blieb stehen und umwickelte mit ihren Fingern den Gitterzaun so fest, dass ihre Knöchel weiß wurden. Je dichter ihre Eltern dem Schleusentor kamen, desto mehr realisierte Fisch, dass die Situation Wirklichkeit war. Sie wollte schreien, aber sie brachte keinen Ton hervor.

„Na – wie war's?“, hörte sie auf einmal Raffaella neben sich sagen. Fisch antwortete nicht, sondern heftete verzweifelt ihren Blick auf den Rücken ihres Vaters. Sie spürte einen Kloß im Hals, kurz darauf füllten sich ihre Augen mit Tränen.

„Eltern sind echte Arschlöcher, wenn man hier drin sitzt“, sagte Raffaella mitfühlend. Aber Fisch brauchte keine mitfühlenden Worte. Raffaella hatte sich nicht einzumischen. Ihr Vater ging gerade durch die Schleuse, ohne ein versöhnliches Wort, ohne eine liebevolle Geste. Vielleicht würde sie ihn nie wieder sehen. Ihr Atem stockte und ihre Beine fingen an zu zitterten. Fisch hatte das Gefühl, in ein endloses schwarzes Loch zu fallen. Sie konnte nichts weiter tun, als ihren Eltern beim Weggehen zu zusehen. Gleich würden sich die Tore hinter ihnen schließen und dann war es vorbei. Der Zaun hinderte sie daran, ihrem Vater noch einmal nachzulaufen. Fisch rüttelte an den Gitterstäben, sie waren kalt und unnachgiebig. In ihrer Fantasie sah sie sich mit großen Schritten auf ihren Vater zulaufen. Sie hielt ihn am Ärmel, fiel auf die Knie und bat ihn mit fester und reuiger Stimme um Verzeihung. Sie würde ihm alles versprechen – aus tiefster Überzeugung. Seine Gnade wäre ihre größte Motivation. Die Zeit im Knast ginge viel schneller vorbei und dann würde sie ein neues, besseres Leben beginnen. Aber sie war ohnmächtig eingesperrt hinter diesen Mauern ohne die Möglichkeit, ihren Vater vom Gegenteil zu überzeugen. Ihr waren die Hände gebunden. Aber nicht ganz. Neben ihr stand in greifbarer Nähe Raffaella mit einem einfühlsamen Blick, der Fisch plötzlich zur Weißglut brachte. Sie spürte, wie sich ihre ganze ungenutzte Energie, ihre Trauer und Enttäuschung plötzlich in rasenden Hass verwandelte. Raffaella musste dran glauben. Fisch packte sie brutal am Hals und brüllte wütend:

„Lass mich in Ruhe!" In ihren Augen spiegelte sich blinde Wut. Sie warf Raffaella zu Boden und schlug wie besinnungslos auf sie ein. Raffaella hatte keine Chance sich zu wehren. Fischs Fäuste übersäten ihren Körper derartig schnell und kraftvoll mit Schlägen, dass Raffaella nach kürzester Zeit beinahe ohnmächtig war. Ein Beamter versuchte Fisch zu überwältigen, aber er kassierte dabei nur selber Schläge. Die Frauen schauten fassungslos zu. Und auch Fischs Eltern drehten sich noch einmal um und sahen mit Abscheu und Entsetzen, wie ihre Tochter Raffaella brutal verprügelte. Was war nur aus ihrem Püppchen geworden? Everhard schüttelte den Kopf. Er erkannte darin nicht den verzweifelten Hilfeschrei seiner Tochter.

Nach ihrem Ausraster wurde Fisch sofort in den Bunker gebracht. Sie tobte wie ein wild gewordenes Tier, das man in den Käfig eingesperrt hatte. Sie hämmerte und trat so lange gegen die Tür, bis ihr Hände und Füße brannten. Aber kein Schmerz war so schlimm wie ihre Enttäuschung.

„Ihr Schweine – lasst mich raus! Ich will raus hier!" Sie hatte das Gefühl gleich durchzudrehen. War denn niemand da, der sie von ihrer Qual befreien konnte?

„Ihr sollt endlich aufmachen, ihr Pisser! Ihr feigen Arschlöcher." Fisch hielt ihr Ohr an die Tür. Die Stille gab ihr wenig Hoffnung. Ihr Klopfen und Rufen wurde immer jämmerlicher.

„Ihr könnt mich doch nicht einfach hier einsperren. Lasst mich raus. Verdammt." Fisch schluchzte. Sie sah sich in dem Raum um. Da war nichts außer einem Bett und einem Fenster mit Gittern. Sie konnte nichts hören, nichts sehen. Sie war komplett allein. Und wer weiß wie lange noch …

„Bitte. Ich halte das nicht aus. Lasst mich doch raus … bitte …" Fischs Stimme brach ab und ging in ein haltloses Schluchzen über. Sie sackte vor der Tür zusammen und weinte bitterlich. Ihre Schultern bebten. *Jetzt habe ich niemanden mehr*, dachte sie voller Selbstmitleid. *Die lassen mich hier verrecken. Denen bin ich doch egal. Ich bin sowieso allen egal. Ich bin ein Nichts.*

Sie vergrub ihr Gesicht in ihren Händen und ließ die Tränen hemmungslos laufen. Es konnte sie sowieso niemand sehen.

Simone hatte es geschafft, Nancy aus Fischs Zelle in ihre zu verlegen. Es konnte schließlich nicht so weitergehen, dass Fisch ständig Nancy demütigte und sie wie den letzten Dreck behandelte. Simone war sicher, dass Nancy von Fisch weg musste, sonst würde das nie aufhören mit dem Bettnässen. In Simones Zelle war Nancy jetzt in Sicherheit und in ihrer Obhut. Sie half ihr, sich in der neuen Zelle einzurichten. Als Erstes bezogen sie Nancys Bett mit einem Gummilaken, damit die Matratze nicht sofort wieder schmutzig werden würde.

„Danke, dass ich unten schlafen kann ...“, sagte Nancy lächelnd zu Simone. Ilse stand daneben und warf Simone einen missmutigen Blick zu. Sie hatte eine Flasche Desinfektionsmittel besorgt.

„Das Zeug ist für dich – nicht, dass es hier stinkt wie im Puma-Käfig“, sagte sie unfreundlich. „Ich dachte, die Baal bewilligt keine Verlegungen?“, fragte sie Simone unwirsch.

„Sie hat eine Ausnahme gemacht – weil Fisch total ausgerastet ist“, sagte Simone, während sie weiter am Gummilaken hantierte. Nancy sah Simone unsicher an.

„Was ist denn jetzt mit Fisch?“

„Die ist im Bunker“, sagte Simone tonlos.

„Sie tut mir so Leid ...“ Nancy senkte betreten den Kopf.

„Du bist ja echt nicht ganz dicht“, blaffte Ilse. Nancy sah sie mit großen Augen an. Simone machte Ilse ein Zeichen, sich zu beruhigen und lächelte Nancy aufmunternd an:

„Bunker ist scheiße – aber sie wird es überleben.“ Nancy warf ihren schweren Körper auf die neu bezogene Matratze und guckte etwas ungläubig. Hinter ihrem Rücken zeigte Ilse Simone einen Vogel: „Die hat sie doch nicht alle."

Simone warf Ilse einen mahnenden Blick zu. Sie wusste besser, wie man mit Nancy umzugehen hatte. Nancy war eben anders als die meisten hier. Ein wenig zurückgeblieben und deshalb musste man mit ihr vorsichtiger umgehen.

Während Fisch im Bunker ihre Strafe absitzen musste, passierte einiges in Reutlitz. Die Direktorin Eva Baal hatte gekündigt wegen des Prozesses um ihren Vater, General Baal. Die Bundeswehrärztin Kerstin Herzog, die für einen Mord, den General Baal begangen hatte, rechtskräftig verurteilt worden war, hatte unschuldig in Reutlitz eingesessen. Eva Baal hatte zuerst versucht, ihren Vater mit unlauteren Methoden zu schützen und Kerstin Herzog in der Haft drangsaliert. Als die Beweise gegen ihn aber immer eindeutiger wurden, war auch Eva Baal von seiner Schuld überzeugt und sagte gegen ihn aus. Damit entlastete sie Kerstin, die nach dem Prozess Reutlitz verlassen durfte. Diese entschloss sich, nie wieder als Stabsärztin zur Bundeswehr zurückzukehren. Dafür trat sie die Nachfolge von Dr. Strauss als Gefängnisärztin an, denn Dr. Strauss wollte die Insassinnen in Zukunft ausschließlich psychologisch beraten. Hendrik Jansen hatte sich als Nachfolger von Eva Baal beworben. Eva Baal hätte lieber Birgit Schnoor auf ihrem Posten gesehen, aber am Ende hatte sich die Justizverwaltung dann doch für Hendrik entschieden.

Fisch musste in Hendriks Büro. Das hatte Birgit Schnoor eingefädelt. Sie war die Einzige, die hinter dem Anschlag auf Raffaella eine Verzweiflungstat erkannte. Ihrer Meinung nach hatte Fisch überschüssige Energien, die gebündelt werden mussten. Sonst würde sie immer wieder für Krawall sorgen. Fisch hatte zwar das Abitur abgebrochen, aber sie war nach Schnoors Ansicht keineswegs dumm. Sie brauchte nur ein Ventil und das war eine vernünftige Arbeit. Schnoor hatte Hendrik vorgeschlagen, Fisch wieder in der Werkstatt einzusetzen.

„Frau Fischer, bitte nehmen Sie Platz", forderte Hendrik sie auf. Fisch starrte trotzig vor sich hin. Hendrik studierte Fischs Akte.

„Ich habe das Gefühl, Sie haben Probleme bei der Eingewöhnung. Kann das sein?"

Fisch lachte abfällig. „Nee, gefällt mir super hier. Besonders der Bunker!"

Hendrik warf einen genervten Blick zu Birgit Schnoor.

„Warum haben Sie Frau Caprese angegriffen?"

„Die nervt ... und stinkt. Itaker eben!"

Hendrik seufzte. „Frau Fischer, ich bin bereit, auch Ihnen eine Chance zu geben."

Fisch stieß abfällig die Luft aus. Hendrik ignorierte es.

„Dafür erwarte ich aber ab jetzt ein konstruktives Verhalten von Ihnen."

Fisch lächelte abschätzig und zeigte ihm den Mittelfinger. Hendrik guckte Fisch ernst an und schlug nach einem Moment die Akte zu.

„Gut. Das war eindeutig." Zu Frau Schnoor gerichtet sagte er dann: „Frau Fischer kommt zurück auf die B."

Fisch empfand gar nichts. Sie wollte nur ihre Ruhe und raus aus dem Bunker.

„An Ihrer Stelle würde ich noch mal darüber nachdenken. Ich kann nämlich auch anders", sagte Hendrik zum Abschluss.

„Glaubst du, das schockt mich jetzt, oder was?" Fisch hasste sich für ihr Versagen so sehr, dass sie nur noch austeilte. Blind für jede Art von Hilfe. Mit herunterhängenden Armen ließ sie sich von einem Beamten auf ihre Zelle bringen.

Nancy war besser dran. Sie konnte mit Simone in der Gärtnerei arbeiten. Setzlinge pflanzen und ein bisschen quatschen.

„Was meinst du, wie das auf der neuen Station ist? Ist das schlimm da?", fragte Nancy.

„Station C? Man hört so einiges. Wie in Preekow. Nur Einzelzellen", antwortete Simone.

„Na, das ist doch nicht schlecht ..."

„Aus denen man den ganzen Tag nicht rauskommt." Nancy nickt verstehend. Simone setzte noch einen drauf. „Ohne Bücher, keine Musik. Nichts Persönliches."

„Und was macht man dann den ganzen Tag?"

Simone zuckte mit den Schultern. „Nachdenken."

„Aha ...", sagte Nancy etwas verständnislos und versuchte sich vorzustellen, wie so ein Tag auf der C wohl aussehen würde. Weil sie nicht wirklich konzentriert bei der Arbeit war, verletzte sie sich an der Schaufel.

„Au! ... Mist! ..." Sie saugte an ihrem blutenden Finger.

„Zeig mal …“, sagte Simone in mütterlichem Ton. Sie betrachtete Nancys Hand, die überdies von vielen kleineren Verletzungen übersät war.

„Mann, Nancy. Wie kriegst du das nur immer hin …?“ Simone schüttelte den Kopf und Nancy zuckte mit den Schultern.

„Ich würde das mal angucken lassen. Sicher ist sicher.“

Aber Nancy zog ihre Hand schnell weg und arbeitete weiter. „Ach, Quatsch. Nicht so schlimm, sagst du ja selbst.“

Simone betrachtete Nancy für einen Augenblick nachdenklich. Sie wollte zu gerne wissen, was es mit diesen merkwürdigen kleinen Verletzungen auf sich hatte. War Nancy wirklich so ungeschickt, dass sie sich ständig verletzte oder hatte sie sich die Wunden selbst zugefügt?

4.

Birgit Schnoor schaffte es dann doch, Hendrik von Fischs Einsatz in der Werkstatt zu überzeugen. Fisch brauchte ihrer Ansicht nach dringend eine Aufgabe, sonst würde nach kurzer Zeit wieder etwas passieren. Hendrik genehmigte die Maßnahme nicht ohne Bauchschmerzen. Ein Aussetzer, und Fisch würde sofort aus der Werkstatt fliegen.

Als Fisch die Werkstatt betrat, traute Raffaella ihren Augen nicht.

„Die Russen-Schlampe hat mich zusammengehauen. Mit der kann man nicht arbeiten."

„Wer ist 'ne Schlampe?! Pass auf – sonst mach ich gleich weiter, du Spaghettifresser!" Fisch war durch den Bunker kein Stück ruhiger geworden. Ganz im Gegenteil. Sie hatte nichts, woran sie sich festhalten konnte. Nichts, worauf sie sich freuen konnte. Und sie fühlte schon gar keine Reue.

Andy Wagner sagte zu Melanie: „Frau Schmidt, Sie bekommen Verstärkung."

„Ich komm gut mit Raffaella alleine klar", erwiderte die, nicht gerade erfreut über den Neuzugang.

„Anordnung von Herrn Jansen", war Andy Wagners knappe Antwort. Beim Rausgehen sagte er noch mahnend zu Raffaella und Fisch: „Und reißen Sie sich zusammen. Viele Frauen wären froh, wenn sie diesen Job hätten."

„Und warum kriegt ihn dann ausgerechnet die Schlampe?", rief Raffaella aggressiv.

Fisch stieg die Zornesröte ins Gesicht. „Jetzt reicht's!" Sie wollte wieder auf Raffaella los, konnte aber gerade noch von Melanie davon abgehalten werden.

„Schluss jetzt! – Ein Zwischenfall, Frau Fischer, und Sie fliegen hochkant wieder raus", drohte Andy Wagner laut und streng. Zu Melanie gewandt fügte er hinzu: „Und Sie sorgen dafür, dass es gar nicht erst so weit kommt."

Melanie machte gespielt gehorsam den Militärgruß.

„Dich haben sie ja gut dressiert", sagte Fisch süffisant zu Melanie.

„Schnauze! Wenn ihr Stress macht, schicken die wieder 'nen Aufpasser. Und da kann ich drauf verzichten." Melanie gab Raffaella einen Pinsel. „Hier – du streichst dahinten den Stuhl!" Zu Fisch: „Und du nimmst den Brenner und ziehst von dem Regal da die Farbe ab. Nimm die Maske. Das stinkt."

Fisch hatte sich immer noch nicht abgekühlt. „Nicht so schlimm wie der Itaker da." Fisch und Raffaella warfen sich über den Raum einen finsteren Blick zu und gingen dann widerwillig an ihre Arbeit. In der Werkstatt war eine angespannte Stimmung. Fisch zeigte Raffaella gegenüber keinerlei Reue. Sie schien den Ärger förmlich zu suchen und warf immer wieder aggressive Blicke zu Raffaella hinüber.

Melanie und Raffaella packten Werkzeug zusammen. Fisch hing lustlos in einer Ecke ab und rauchte.

„Meinetwegen bringt euch gegenseitig um – aber nicht wenn ihr arbeitet. Klar?! Sonst mach ich das", drohte Melanie den beiden Streithähnen.

„Sag *der* das. Nicht mir", fauchte Raffaella.

Das ließ Fisch nicht auf sich sitzen: „Wer ist denn zuerst auf mich los?! Die Kanakenkuh wollte sich 'ne Packung abholen."

Melanie verdrehte die Augen. Das war ja wie im Kindergarten. Als Raffaella auf Fisch losgehen wollte, fuhr Melanie grob dazwischen und verteilte jedem von beiden eine Kopfnuss.

„Mann! Ich meine es verdammt ernst. Jetzt ist Funkstille! Und du, Fisch, kannst ruhig mal mithelfen! Wir schuften hier nicht alleine!"

„Sonst was ...?" Fisch blieb renitent. Sie ließ sich doch nicht einfach so rumkommandieren.

Ein Schließer kam herein. „Kann's losgehen? Haben Sie die Schilder für die C?"

Melanie nickte und packte sich mit Raffaella die Sachen unter den Arm.

„Ich bin krank. Ich habe Kopfschmerzen." Fisch saß auf dem Tisch und nahm sichtlich gesund einen tiefen Zug aus der Zigarette.

„Los, schwing die Hufe", donnerte Melanie.

Fisch baumelte ungerührt mit den Beinen und rauchte gelassen.

„Drauf geschissen. Du hast sowieso nichts zu melden."

„Frau Fischer, wenn Sie Ärger machen, können Sie gleich auf

der C bleiben", konterte der Schließer. Fisch rauchte in Ruhe zu Ende und setzte sich dann mürrisch in Bewegung. Sie verzögerte ihren Gang etwas und sah sich nach einer Möglichkeit um, in der Werkstatt zu bleiben. Kurzerhand stieß sie eine Schraubenkiste von der Werkbank, die krachend auf die Erde fiel. Der Inhalt verteilte sich auf dem Boden.

„Sorry." Fisch lächelte gekünstelt.

„Mann! Ich hab die stundenlang sortiert", fauchte Melanie.

„Okay. Dann bleiben Sie eben hier und sammeln das auf", befahl der Beamte. Fisch jubelte innerlich. Es war gar nicht so schwer, Oberwasser zu behalten. Diese Machtspielchen hatte sie schon tausend Mal gemacht. Aber Melanie wurde unruhig.

„Das geht nicht."

„Und wieso nicht?", fragte der Schließer.

Melanie stotterte herum und sagte dann halbwegs überzeugend: „Das ist nicht fair! Wir müssen ja auch ran."

Fisch wunderte sich ein wenig über den seltsamen Einwand. Als der Beamte bei seiner Anordnung blieb, atmete Fisch erleichtert auf. Raffaella folgte dem Schließer wortlos, während Melanie Fisch beim Gehen einen unbehaglichen Blick zuwarf. Fisch hielt ihr triumphierend den Mittelfinger hin.

Als die Tür ins Schloss fiel, hörte Fisch in die Stille. *Was mach ich jetzt in dieser öden Bude*, dachte sie lustlos. *Na ja, wenigstens bin ich die Nervensägen los.* Nach einem Moment kniete sich Fisch auf den Boden und fing gleichgültig an, die Schrauben aufzusammeln, um sie achtlos in den Kasten zu werfen. Plötzlich bemerkte sie einen ungewöhnlichen Spalt in den Dielenbohlen und wurde stutzig. Sie fummelte so lange daran herum, bis sich eine Bohle bewegte und sich hochheben ließ. Fisch traute ihren Augen nicht. Unter dem Boden war eine beachtliche Hanf-Plantage versteckt …

Fisch erinnerte sich an Mels Gestammel und plötzlich konnte sie sich darauf einen Reim machen. *Tja, liebe Mel, von nun an werde ich dein Zeug verticken,* dachte sie jubilierend. Endlich hatte sie mal wieder eine Perspektive. Etwas, das die Langeweile vertrieb und Geld einbrachte.

Fisch setzte ihren Plan gleich in die Tat um. Sie verschwand mit einer Insassin in den Badekabinen, um das Geschäft abzuwickeln. Raffaella beobachtete sie durch Zufall dabei. Sie schlich sich an die zugezogenen Vorhänge heran und lauschte.

„Mann – 10 Euro! Das ist 'n guter Deal. Das Zeug geht tierisch ab", raunte Fisch.

„Und wieso ist das so billig?", fragte die Käuferin.

„Einstiegspreis – solange der Vorrat reicht." Raffaella überlegte kurz, dann verließ sie schnell das Bad.

Fischs Dealerei hatte sich schnell herumgesprochen. Sie stand schon wieder mit einer neuen Interessentin in einer Badekabine und drückte ihr Dope in die Hand. Plötzlich wurde der Vorhang aufgerissen. Fisch fuhr der Schreck durch die Glieder. Sie sah Schnoor mit zwei Beamten vor sich stehen. „Stören wir?"

Fisch wusste nicht wie sie reagieren sollte. Sie sah Raffaella im Hintergrund stehen und grinsen. *Der Itaker hat mich verpfiffen*, dachte sie bitter.

Ihre Käuferin rannte panisch weg. Sie schaffte es ein paar Meter durch das Bad, bis sie von zwei Beamten gestoppt wurde. Für einen Moment war alle Aufmerksamkeit auf den kurzen Kampf gerichtet. Fisch wollte unter keinen Umständen wieder in den Bunker. Das würde sie kein zweites Mal aushalten. Aus der Not heraus kam ihr plötzlich eine Idee.

„Du Sau! Dich mach ich fertig." Fisch griff sich in dem Tumult Raffaella und die beiden fingen an, miteinander zu kämpfen. Dabei gelang es Fisch, Raffaella das Dope in den Bademantel zu schieben. Jetzt konnte ihr niemand etwas nachweisen.

Sie richtete ihre Kleidung und warf Raffaella feindselige Blicke zu. Nachdem Fisch alle ihre Taschen ausgeleert hatte, sagte sie zu Schnoor:

„Filzen Sie *die* mal! Die Kanaken machen doch alle auf Drogen."

Raffaella zeigte ihr einen Vogel, aber Schnoor fand natürlich das Dope in Raffaellas Bademantel. Raffaella konnte es kaum fassen. Sie wollte Fisch eins auswischen und war dabei in eine Falle getappt. Ehe sie sich versah, wurde sie von einem Beamten in den Griff genommen und Richtung Ausgang gezogen.

„Scheiße! Nein! Warten Sie!" Sie zeigte auf Fisch. „Die hat mir das untergeschoben."

Fisch grinste schadenfroh. Sie war erleichtert, ihren Kopf gerade noch rechtzeitig aus der Schlinge gezogen zu haben. Was mit Raffaella geschah, war ihr völlig egal. Die musste natürlich sofort zur Urinprobe. Da half ihr auch nicht, dass eine ehemalige Insassin jetzt Ärztin war. Kerstin machte ihren Dienst nach Vorschrift.

Und auch Birgit Schnoor zeigte sich unnachgiebig. Sie war

der Überzeugung, dass Raffaella mit Drogen dealte. Schließlich hatte sie eine wenig rühmliche Drogen-Vergangenheit hinter sich. Frau Schnoor glaubte wirklich, dass Raffaella Fisch das Dope unterschieben und sich damit an ihr rächen wollte. Erst sollte Raffaella ihre Drogenkontakte verraten, vorher war der Job in der Werkstatt gestrichen.

Fisch hatte großes Glück, dass Frau Schnoor es so gut mit ihr meinte. Sie stand auf dem Flur und konnte flippern, anstatt im Bunker zu schmoren. Nancy stand neben Fisch und guckte ihr zu.

„Du bist voll gut."

Fisch schwieg demonstrativ und genervt. Nancy merkte das gar nicht und sprach weiter. „Super, dass wir zusammen zu dieser Sprechstunde gehen, was?" Sie meinte die Therapiestunde von Dr. Strauss.

Fisch hatte überhaupt keine Lust darauf und wurde jetzt lauter: „Mann, kann man hier mal in Ruhe spielen?!"

„Was hast du denn? Also, ich finde gut, dass einem mal einer zuhört hier." Nancy wirkte unberührt von Fischs Gereiztheit.

„Warum nervst du nicht einfach Simone mit deinem Gesülze." Im Hintergrund trat Raffaella aus der Zelle und wurde gleich von Melanie grob hinter eine Säule gezogen.

„Du kleine Ratte! Das war mein Dope!", fauchte Melanie. Es konnte ja nur Raffaella gewesen sein, die ihr Dope geklaut hatte. Sie war die Einzige, die von der Plantage wusste. Aber Raffaella wimmerte so lange von ihrer Unschuld, bis Melanie überzeugt war.

„Ich glaube, du brauchst Hilfe. – Wie wär's, wenn ich sie dir vom Hals schaffe?", sagte Melanie versöhnlich zu Raffaella.

„Echt?! ... Und was kostet mich das?", freute sich Raffaella.

„Das gibt's ausnahmsweise mal gratis. Ich mag's nicht, wenn man mich verarscht." Melanie heftete einen bösen Blick auf Fisch und knackte angriffslustig mit den Fingern.

Fisch stand im Bad und wusch sich das Gesicht. Plötzlich sah sie im Spiegel Melanie auf sich zukommen. Sie guckte feindselig. Fischs Körper spannte sich automatisch an.

„Was ist?", fragte sie nach außen hin locker. Melanie schwieg gefährlich. Im Handumdrehen hatte sie Fisch den Arm auf den Rücken gedreht und ihr Gesicht brutal gegen den Spiegel gedrückt. Fisch spürte die kalte Oberfläche an ihrer Wange. Sie versuchte sich zu wehren, aber Melanie hatte sie fest im Griff. Fisch wurde kurzatmiger. Sie war in der Zange.

„Scheiße! ... Hör auf! Was soll das?", fragte sie atemlos.

„Was soll das?! Was soll das?! Hier dealt nur einer und das bin ich! Kapiert?!"

Jetzt verstand Fisch, worum es eigentlich ging. Melanie verstärkte ihren Griff. „Kapiert?!"

„Ja! ... Ja! Ich hab's kapiert! Lass los." Fisch gab sich vordergründig geschlagen und Melanie ließ los. Sie hatte Fischs Arm so verdreht, dass er jetzt brannte wie Feuer. Fisch strich sich lindernd darüber. Gleich wurde sie aber schon wieder rotzfrech:

„Du kannst mir gar nichts. – Pack mich noch mal an, und ich lass dich auffliegen. Im Bunker kannst du deine kleine Plantage vergessen."

Melanie packte Fisch erneut und knallte sie mit dem Kopf an den Spiegel. Fisch wurde für einen Moment schwarz vor Augen.

„Ich – soll – mich – nicht – an – Mels – Dope – vergreifen." Melanie betonte jedes einzelne Wort. Dabei krachte Fischs Kopf jedes Mal gegen den Spiegel. So fest, dass er schon bald zersplitterte. Fisch hatte die Augen geschlossen. Sie spürte eine Flüssigkeit über ihr Gesicht rinnen, es roch nach Blut. Sie war zu schwach, um die Augen zu öffnen, als Melanie Fischs Kopf abwartend in den Händen hielt.

„Ich soll ...?"

„Ich soll mich nicht an Mels Dope vergreifen", antwortete Fisch schwach und leise. Sie wusste, dass es jetzt besser war, klein beizugeben.

Melanie nutzte ihre Position sichtlich aus. „Ich habe es nicht richtig verstanden ..."

Fisch nahm alle ihre Kraft zusammen und sprach Mel nach: „Ich soll mich nicht an Mels Dope vergreifen." Mel ließ von Fisch ab und versetzte ihr einen Stoß. Fischs Beine sackten ein und sie musste sich am Waschbecken fest halten.

„Geht doch. Ich seh dir das mal nach. Du bist noch neu", sagte Melanie souverän. Fisch konnte nichts mehr sagen. Sie nickte nur stumm. Sie wusste nicht, was ihr mehr wehtat, der Kopf, der Arm oder die Rippen.

„Ach ja – noch was. Ich habe viele Freunde hier. Und die drehen dir gepflegt den Hals um, wenn ich im Bunker sitze. Klar?!" Melanie hatte ihre Genugtuung. Fisch war endgültig besiegt.

„Okay, okay, vergiss es einfach", sagte Fisch kleinlaut. Fisch wollte das Bad verlassen, aber Melanie hielt sie grob an der Schulter fest. Sie war noch nicht fertig mit Fisch.

„Von wegen! Du zahlst für das Dope, das die Schnoor jetzt hat. Kapiert?!" Fisch willigte ein. Sie wollte nur noch raus aus dem Bad. Mit einem letzten drohenden Blick ließ Melanie Fisch ziehen.

Sie musste irgendwie das Geld für Melanie auftreiben. Aber woher nehmen, wenn nicht stehlen? Die Telefonkarten würden nicht reichen, also kam sie auf die Idee, im Arztzimmer bei Kerstin Pillen zu klauen.

Kerstin entdeckte ziemlich schnell den eingeschlagenen Medikamentenschrank und hatte sofort Fisch, Melanie und Raffaella im Visier. Raffaellas Urinprobe war zwar sauber, aber Jansen und Schnoor glaubten ihre Unschuld noch nicht. Sie waren ziemlich sicher, dass Raffaella wieder dealen würde. Kerstin erzählte der Direktion zunächst nichts von dem Diebstahl. Sie wollte in ihrer neuen Position nicht direkt unangenehm auffallen. Ihr Stand als Ex-Knacki war schon schwer genug. Deshalb besuchte sie Fisch und Melanie lieber erst einmal persönlich in ihrer Zelle.

Fisch guckte Kerstin mit unschuldigen Augen scheinheilig an und leugnete jeden Vorwurf. Warum sollte sie sich solidarisch mit Kerstin zeigen? Sie war schließlich draußen, ihr konnte nicht wirklich etwas passieren. Aber Fisch musste den Knast so gut wie möglich überstehen. Kerstin gab noch nicht auf:

„Bringt mir bis morgen die Pillen wieder. Sonst melde ich die

Sache. Klar?!“ Kerstin warf beiden einen entschlossenen Blick zu und verließ die Zelle. Fisch schnaubte entrüstet. Dann sah sie Melanies strengen Blick.

„Ich habe wirklich keinen Bock auf Stress“, sagte Mel misstrauisch. Fisch ließ sich nicht von ihrer Linie abbringen: „Sag das Kerstin, nicht mir. Weiß doch jeder, dass Raffaella den Schrank geknackt hat.“ Fisch glaubte bald selbst an ihre Worte.

„Ich weiß nur, dass ich es nicht war …“, sagte Melanie herausfordernd.

„Ich auch nicht! … Ehrlich …“ Fisch bemühte sich um einen arglosen Gesichtsausdruck. Seit der Geschichte im Bad war sie vor Melanie auf der Hut.

5.

Fisch machte sich neben Raffaella vor dem Spiegel im Bad fertig. Die anderen Frauen waren schon gegangen. Fisch sah Melanie, von der Arbeit verdreckt, hereinkommen. Das war *die* Gelegenheit.

„Hey, Ravioli …“, sagte Fisch laut zu Raffaella. „Gib die Scheiß-Pillen wieder ab. Mel und ich können keinen Stress gebrauchen.“ Fisch prüfte im Spiegel, ob Melanie auch zuhörte.

„Falsche Schlange!“, zischte Raffaella.

Fisch spielte weiter Theater und wollte gerade auf Raffaella losgehen, als Mel dazwischenging. „Hey! Kommt wieder runter! Oder ich mach mit!“

„Du weißt hoffentlich, dass *sie* die Pillen geklaut hat“, sagte Raffaella überzeugt.

Melanie verdrehte die Augen: „Ich weiß nur, dass ich ein paar Überstunden auf dem Buckel habe und mies drauf bin. Also, wenn du diese Scheiß-Tabletten hast …“

„Du glaubst der auch noch! Mann, die schiebt mir das in die Schuhe, weil sie ’ne rassistische Schlampe ist.“

„Nimm dich mal nicht so wichtig – du bist mir doch scheißegal“, motzte Fisch. Das stimmte sogar. Aber einen Sündenbock brauchte sie trotzdem.

„Du mir nicht. Ich behalte dich im Auge“, konterte Raffaella scharf. Sie drängte sich an Melanie und Fisch vorbei und verließ aufgebracht das Bad.

Strauss saß mit den Insassinnen zum Gruppengespräch im Therapiezimmer.

„Ich würde heute gerne über Ihre Träume reden", eröffnete er die Runde.

„Ich habe immer den gleichen. Nur die Typen wechseln." Für Fisch war das alles ausgemachter Quatsch. Sie versuchte von ihren Gefühlen, ihrem Innern mit platten Sprüchen abzulenken. Den Frauen schien es zu gefallen. Sie kicherten wie kleine Schuldmädchen. Strauss ließ sich nicht ablenken.

„Ich meinte eigentlich Zukunftsträume. Was Ihr größter Wunsch ist." Er sah in die Runde.

„Wer möchte anfangen?"

Melanie räusperte sich verlegen und sagte dann:

„Auf Tournee gehen. Mit David Lombardo. Dem Drummer von Slayer." Die Frauen gackerten wieder amüsiert. Eine Stimmung wie im Kindergarten. Nancy guckte nachdenklich.

„Ich würde gerne … so schöne Haare wie Simone haben."

„Und für die Zukunft? Haben Sie Träume, die vielleicht gar nichts mit Reutlitz zu tun haben?", hakte Strauss nach.

„Ich wünsch mir, Kalle bald wiederzusehen."

Fisch zuckte zusammen. Sie verspürte nicht das geringste Interesse, Kalle wiederzusehen.

„Ihre Kusine", ergänzte Strauss für die anderen.

Nancy nickte eifrig und lächelte stolz. Sie hob den Zeigefinger und sagte: „Und ich möchte, dass Simone und Fisch sich vertragen.“

Fisch verdrehte die Augen. Simone wollte so schnell wie möglich in den offenen Vollzug nach München. Da war sie näher bei ihrem Sohn. Sie bemerkte den beklommenen Blick von Nancy nicht.

Nach der Stunde schrieb Simone auf der Treppe vor der Gitterschleuse einen Brief. Nancy trat mit ängstlichem Blick neben sie.

„Wann kommst du raus?!“, fragte sie vorsichtig.

„Weiß ich nicht.“ Simone zuckte mit den Schultern. „Dafür gibt es keinen Termin. Das kann noch lange dauern“, versuchte sie Nancy zu beruhigen.

„Aber … du sagst mir, wenn du gehst.“ Nancys Ton war zittrig. Simone schloss den Block und lächelte Nancy zu.

„Unbemerkt verdrücken geht im Knast ja auch schlecht.“

Nancy lächelte vorsichtig optimistisch. Simone nickte zum Kicker hinüber. „Spielen wir eine Partie?“ Nancy nickte freudig.

Strauss war Nancys Verhalten ein wenig verdächtig und ihre vielen kleinen Verletzungen sowieso. Er wollte sichergehen und machte mit ihr einen psychologischen Test. Sie sollte Begriffe raten und Puzzle zusammenfügen. Alles mit einer Stoppuhr. Nancy kam ganz schön ins Schwitzen und Dr. Strauss redete mit ihr wie mit einem Kind. Am Ende, nachdem er die Ergebnisse überprüft hatte, bestätigte sich seine Vermutung:

Nancy hatte einen ziemlich niedrigen Intelligenzquotienten. Sie war schwachsinnig. Er teilte das Ergebnis Hendrik Jansen mit und empfahl zusätzlich noch weitere Untersuchungen. Möglich, dass das Gehirn gestört war. Hendrik zog die Augenbrauen hoch.

„Falls Ihre Vermutung stimmt, müssen wir die Vollstreckungsbehörde informieren. Das Urteil wäre nach Paragraf 21 des StGB hinfällig. Nancy wäre damit schuldunfähig und müsste nicht in Reutlitz einsitzen." Er schaute Dr. Strauss ungläubig an.

„Warum ist denen das im Prozess nicht aufgefallen?"

Strauss zuckte mit den Schultern.

Kerstin kam in ihrem Arztkittel von den Stationen über den Hof gerauscht. Sie steuerte mit strammem Schritt auf Melanie und Raffaella zu, die am Gitter standen und rauchten. Kerstin gab ihnen streng ein Zeichen, zu ihr zu kommen.

„Wir hatten eine Abmachung! Wo sind die Tabletten?!"

„Ich kann mir die Pillen doch nicht aus den Rippen schneiden", erwiderte Melanie gereizt.

„Ich auch nicht", sagte Raffaella trotzig hinterher.

Kerstin schüttelte fassungslos den Kopf. Dann kam Fisch hinzu.

„Rück die Pillen raus!", zischte ihr Raffaella zu.

Fisch schnaubte verächtlich. „Ich? *Du* bist doch hier der Junkie." Fisch hatte überhaupt keine Hemmungen. „Die lügt, ohne mit der Wimper zu zucken. Muss genetisch sein", sagte sie frech zu Kerstin.

Kerstin sah von einem zum anderen und nickte enttäuscht. „Gut … Okay … Den Jansen wird's freuen. Der macht ja gerne Stress!" Kerstin war wild entschlossen und zog ab.

„Dann geht sie eben zum Jansen. Na und? Der kann uns doch nichts nachweisen." Fisch tat betont gelassen.

„Bist du wirklich so blöd?! Das gibt 'ne Riesenwelle! Der durchsucht nicht nur die Zellen. Dann wird auch die Werkstatt gefilzt." Melanie knetete nervös ihre Hände.

„Glaube ich nicht." Fisch spürte selbst, dass sie unglaubwürdig klang.

Melanie ging drohend nah an Fisch heran. „Wenn meine Dope-Plantage auffliegt, ist mir egal wer's war. Dann kriegt ihr beide Dresche."

Fisch zündete sich etwas beunruhigt eine Zigarette an und sah zu, wie Melanie mit festem Schritt abdrehte. Sie ging an Simone vorbei, die Nancy gerade einen Schokoriegel gab. Nancy grinste über das ganze Gesicht.

Fisch hatte die Werkstatttür mit einem Möbelstück verstellt und stand Schmiere, während Melanie zufrieden das getrocknete Gras in kleine Tütchen verpackte.

„Das dürfte fürs Erste reichen." Sie steckte die Tütchen ein. Fisch hievte das Möbelstück vom Eingang weg. Als Melanie ihr helfen wollte, hielt Fisch ihr zwei Telefonkarten vor die Nase.

„Wir sind quitt." Melanie nahm die Karten und sah Fisch misstrauisch an. „Wo sind die denn her?"

„Wieso? Habe ich getauscht", sagte Fisch wie aus der Pistole geschossen. Melanie sollte jetzt nicht rumzicken.

„Wogegen? Du bist doch immer blank“, hakte Melanie nach.

Fisch war langsam genervt von Mels Hartnäckigkeit. „Ich arbeite, also verdiene ich auch was. Ich kann sie auch wieder mitnehmen!“ Fisch griff nach den Karten, aber Melanie zog sie weg und sagte:

„Ich bin immer misstrauisch, wenn jemand über Nacht reich wird. Falls du wieder Sachen verdealt hast, die mir gehören.“

„Nein, habe ich nicht“, sagte Fisch trotzig und ging zum Regal. Melanie folgte Fisch und hielt ihr fordernd die Karte entgegen.

„Von wem und wofür?!“

„Kann ich mal weiterarbeiten?“, versuchte Fisch abzulenken. Sie versperrte Melanie unbewusst den Weg zum Regal. Melanie registrierte das. Ihr Blick fiel auf eine Farbdose, die sie Fisch schon einmal sorgsam hatte wegstellen sehen.

„Was machst du eigentlich damit ...?“

„Ich ... will ... das Regal streichen“, stotterte Fisch.

„Schwachsinn!“ Melanies Worte machten Fisch nervös. Melanie wollte sie einfach nicht in Ruhe lassen. Sie musste jetzt versuchen cool zu bleiben. Dann griff Melanie nach der Dose. Fisch hielt reflexartig Mels Arm fest. Die runzelte ungläubig und bereits wissend die Stirn. Plötzlich ging ein Gerangel um die Dose los. Sie fiel zu Boden, der Deckel sprang ab und zum Vorschein kamen zwei Tablettenfolien ... Melanie sah Fisch wütend an.

„Ich hab keine Ahnung, was das ist. Ich kenne die ...“ Aber Fisch kam nicht weiter mit ihrem hastigen Erklärungsversuch. Melanie nahm Fisch und drückte sie brutal an die Wand.

„Ich lass mich von dir nicht verarschen, kapiert!?" Fisch versuchte trotzig, sich zu wehren, doch Melanie hielt sie fest umklammert.

„Du gehst zum Doc und bringst ihr die Pillen zurück – sonst greift deine Zahnbürste morgen Früh ins Leere."

Aber Fisch wollte sich Melanies Druck nicht beugen. Die beiden standen sich kampfeslustig gegenüber.

„Die Heulsuse hat es doch eh' schon der Leitung erzählt ...", blaffte sie.

„... dann fehlt ihnen immer noch ein Schuldiger. Erst wenn sie den haben, wird die Werkstatt nicht gefilzt."

Fisch sah Melanie undurchdringlich an. „Okay."

Melanie runzelte verwundert die Stirn und fragte: „Was?"

Melanie traute ihren Ohren nicht, als Fisch sagte: „Ich mach's. Ich stelle mich."

Melanie zeigte sich kurz überrascht, sagte dann aber: „Gut."

Sie wollte gerade wieder an ihren Platz, da sagte Fisch: „Aber das kostet dich was."

Melanie drehte sich ungläubig zu Fisch herum. „Du hast wohl von den Pillen genascht!"

„Was bringt es mir, dass dein Dope nicht auffliegt?" Fisch straffte sich. „Ich will die Hälfte vom Gewinn." Für kurze Zeit hörte sie auf zu atmen. Die Forderung war ziemlich hoch, aber sie musste es einfach probieren.

Melanie spürte Fischs Nervosität. „Und ich will Bundeskanzler werden." Melanie grinste kopfschüttelnd. „Du hast echt einen an der Waffel." Sie wandte sich wieder ihrer Arbeit zu.

Fisch wollte die Schlappe nicht hinnehmen und stürzte sich wutentbrannt auf Melanie. Der Angriff traf Melanie überraschend und es entstand wieder eine handfeste Rangelei. Nur mit Mühe bekam Melanie Fisch schließlich in den Griff. Schwer atmend musterte sie ihre Widersacherin.

„Du bist verdammt zäh!“ Nachdenklich und ein wenig aus der Puste gekommen sagte sie: „Vielleicht habe ich ja doch Verwendung für dich.“ Sie ließ Fisch los und ordnete ihre Klamotten.

Fisch musterte Melanie gespannt.

„Ich brauche jemand, der keinen Schiss hat und sich nicht bequatschen lässt“, sagte Melanie.

Fisch spürte wieder Oberwasser. „Wofür?“

„Um das Gras zu verticken. Du kriegst zehn Prozent.“

„Dafür stelle ich mich und riskiere meinen Arsch beim Dealen?“, fragte Fisch ungläubig empört.

„Glaub mir, das ist ein Bomben-Angebot.“

„Nicht im Vergleich zu fifty-fifty.“ Fisch wurde übermütig.

„Aber im Vergleich dazu, was ich sonst mit dir mache.“ Melanie grinste überlegen und hielt Fisch die Hand hin. Fisch schlug zögerlich ein. Das war besser als gar nichts und sie hatte Melanie wenigstens ein Stück kleingekriegt.

Auf dem Hof verabschiedete sich Dr. Strauss gerade von Nancy und ging in Richtung Verwaltung. Nancy blieb wie angewurzelt stehen. Simone kam dazu und fragte freundlich: „Na. Ging's um deinen Test?“ Nancy nickte.

„Und, was ist rausgekommen?“ Simone war neugierig.

„Dass mir Gefängnis nicht gut tut."

„Das hätte ich dir auch ohne Test sagen können", scherzte Simone. „Was will er dagegen machen? Dich rauslassen ...?"

Nancy nickte und sah dabei komischerweise nicht gerade glücklich aus. Simone starrte Nancy ungläubig an.

„Was? Ist das dein Ernst? Hat er das gesagt?"

Nancy nickte wieder. „Schuldfähigkeit. Erklärt er mir morgen. Bei Herrn Jansen."

„Wow! Das klingt ja schon richtig offiziell. Das ist doch super", sagte Simone freudig. Nancy lächelte verlegen und Simone streichelte aufmunternd ihren Arm.

„Stell dir mal vor, das klappt."

„Triffst du dich mit mir, wenn du deinen offenen Vollzug bekommst?"

Simone überspielte lächelnd ihr schlechtes Gewissen. Sie dachte an Fischs Worte: *Kümmerst du dich um den Spasti, wenn du hier raus bist? Nee! Da sieht die auch nur deine Rücklichter.*

„Natürlich ... klar", kam es etwas unbehaglich aus ihr heraus.

„Aber ... du wirst so viel zu tun haben. Wohnung, Ausbildung, Freunde ... da wird gar keine Zeit sein." Nancy hörte gar nicht zu und steigerte sich in den Gedanken hinein.

„Wir können uns auch zu dritt treffen. Mit Kalle. Wenn sie rauskommt. Die wird dir gefallen, die ist nett." Simone lächelte bemüht. „Bevor wir schon Termine machen, warten wir mal ab, was morgen passiert. Hm?" Simone streichelte Nancy wieder freundschaftlich den Arm.

Fisch ging wie mit Melanie verabredet zu Kerstin, um ihr den Pillenklau zu beichten. Sie zeigte sich gespielt reuig. Das war eben der Preis dafür, um mit Mel weiter das Dope zu verticken. Ein bisschen Theater spielen war eine ihrer leichtesten Übungen. Es machte ihr sogar richtigen Spaß, Kerstin an der Nase herumzuführen. Fisch wusste ganz genau, dass die als neue Ärztin keinen Stress wollte. Ihr Stillschweigen war also nicht nur reine Nächstenliebe, da war sich Fisch ganz sicher. Kerstin hatte Jansen zum Glück noch nichts erzählt. Sie schien Fisch zu glauben. Immerhin nahm sie die Pillen wieder an sich, wenn auch recht unterkühlt. Aber das war Fisch völlig egal. Ein paar Tabletten hatte sie sowieso zurückbehalten …

Fisch ging Melanie auf dem Flur entgegen und erzählte ihr von dem Erfolg. Sie hatte sich zur Belohnung einen Becher Kaffee geholt und verrührte den Zucker.

„Mann, hast du ein Schwein", sagte Melanie.

„Und du erst. Jetzt kannst du in Ruhe dein Gras verticken." Sie nahm einen genüsslichen Schluck aus dem Becher und fuhr sich mit der Zunge über die Oberlippe. Sie grinste Melanie breit an.

„Was grinst du denn so dämlich?"

„Ich freue mich für dich", sagte Fisch und zuckte mit den Schultern: „Für mich auch 'n bisschen … so zehn Prozent."

Melanie hielt Fisch die Trommelstöcke bedrohlich unter die Nase. „Dafür will ich auch astreine Arbeit sehen – und keine faulen Tricks." Sie wandte sich grußlos von Fisch ab, Fisch sah

Melanie gelassen nach und entdeckt dabei Nancy, die aus der Zelle kam. Fisch schlenderte zu ihr hin.

„Hey, Nancy. Alles im Lack?!" Sie war nach langer Zeit mal wieder ungewöhnlich gut gelaunt. Fischs unverhoffte Zuwendung irritierte Nancy.

„Klar ...", brachte sie holprig hervor.

„Ich glaub, ich hab' was für uns aufgetan. Geschäfte. Bisschen Harz verticken."

„Harz?"

„Kiffe, Mensch. Du könntest mir den Helfer machen." Fisch war schon wieder leicht genervt von Nancys Begriffsstutzigkeit.

„Ich? Klar, Fisch. Das mach ich gerne", freute sich Nancy. Die wieder gewonnene Vertrautheit weckte Nancys Mitteilungsbedürfnis.

„Weißt du übrigens was – ich komme hier vielleicht raus", erzählte sie Fisch gut gelaunt.

„Echt?! Ausgang? Wie hast du denn den gekriegt?"

Nancy schüttelte den Kopf. „Nein ... Richtig raus. Ich habe doch diesen Test gemacht und ..."

Fisch unterbrach sie. „Das gibt's nicht! Weil du ein Schwachkopf bist, kommst du raus?!" Ihr Ton wurde gleich wieder ruppiger und Nancy verging die gute Laune.

„Mann, Fisch ... du könntest dich auch mal für mich freuen ..."

Aber Fisch verspürte nur Neid, den sie Nancy natürlich nicht so zeigen wollte.

„Worüber? Du hast doch draußen niemand. Willst du zu deiner Mutter – ihr beim Saufen zugucken und dich verprügeln lassen?" Fisch wurde absichtlich gemein.

„Simone kommt auch raus. Wir sind Freundinnen. Sie will sich mit mir treffen." Nancy war der Stolz anzumerken.

„Wo? In München?", stichelte Fisch weiter.

Nancy guckte mit großen Augen. „Warum München …?"

„Weil sie dahin verlegt wird. Die will sich um ihren Sohn kümmern. Nicht um irgendeinen Spasti."

Nancy schüttelte den Kopf. „Das sagst du nur, um mich zu ärgern …"

Fisch lachte gemein. „Die hat den Antrag schon gestellt! Offener Vollzug in München." Sie klopfte Nancy an die Stirn. „Bayern, Nancy!"

Nancy sah Fisch geschockt an – sie verstand, dass es ernst war. Fisch sah Nancy den Schock an und freute sich auch noch darüber. Als sie Nancy wie ein verängstigtes Schaf in die Zelle laufen sah, lachte sie kurz auf und schüttelte hämisch den Kopf.

6.

Nancy saß in ihrer Zelle auf ihrem Bett und starrte vor sich hin. Sie pulte angespannt an dem Pflaster an ihrer Hand. Simone betrachtete sie besorgt.

„Das wird eine ganz spannende Zeit. Und du kommst von Fisch weg. Die tut dir nicht gut", sagte sie aufmunternd.

Nancy sah Simone mit traurigen Augen an. „*Du* tust mir gut."

Simone lächelte beklommen. Sie spürte eine Verantwortung, die sie nicht übernehmen wollte. Nancy senkte wieder ihren Blick. Sie wollte nicht weg von Reutlitz. Und sie wollte nicht, dass Simone nach München verlegt würde. Die Vorstellung, von Simone getrennt zu sein, flößte ihr Angst ein.

Währenddessen schloss Fisch eilig die Zellentür hinter sich und überprüfte, ob jemand in der Nasszelle war. Die Luft war rein. Dann setzte sie sich aufs Bett und wickelte vorsichtig das Handtuch vom Kopf. Als Raffaella in die Zelle kam, machte sie das Handtuch wieder fest. Gespielt entspannt fläzte sich Fisch auf das Bett und lächelte kopfschüttelnd.

„Schon gehört …? Die wollen Nancy rauslassen. Weil sie bescheuert ist …"

Raffaella schwieg und räumte angespannt Kleider von ihrem Bett, um schlafen zu gehen.

„Mach doch auch mal ’n Idiotentest. Als Junkie hast du ja eh nicht mehr so viele Hirnzellen.“

Raffaella sah genervt zu Fisch.

„Genug, um zu wissen, dass du die Pillen geklaut hast.“ Raffaella ließ sich nicht provozieren. Fisch machte sich seufzend auf dem Bett lang.

„Keine Ahnung, warum dich das immer noch beschäftigt. Frau Doktor hält die Klappe und keiner kriegt Stress.“

Raffaella nahm sich ihre Waschtasche vom Bett. „Doch, *du* irgendwann. Dafür sorge ich noch.“

Fisch verzog spöttisch das Gesicht, als müsste sie gleich weinen. Raffaella verschwand in der Nasszelle.

Als sie weg war, sprang Fisch auf und wickelte sich das Handtuch vom Kopf. Zum Vorschein kam ein durchsichtiges Tütchen mit Pillen, das sie eilig in ihrem Kopfkissenbezug versteckte.

Simone suchte Nancy, um sie an ihren Termin bei Jansen zu erinnern. Nancy stand am Waschtisch und spülte ihr Laken aus. Sie wollte die Spuren ihres Bettnässens verwischen. Sie war den Tränen nah und sah Simone flehend an.

„Bitte sag das keinem.“

Simone schüttelte beruhigend den Kopf. „Ich … soll dich erinnern. An den Termin gleich.“

Nancy war angespannt. „Ich weiß schon.“ Nancy widmete sich wieder dem Laken. Simone atmete durch.

„Eine … auf der A, die wollte auch verlegt werden. Wie ich.

Aber das hat nie geklappt", stammelte Simone hilflos bemüht. „Da kann so viel dazwischenkommen."

Nancy ließ das Laken fallen und lief schluchzend an Simone vorbei aus der Zelle.

Im Büro der Gefängnisleitung warteten Hendrik Jansen und Dr. Strauss bereits auf Nancy. Hendrik lächelte Nancy zu und machte eine einladende Geste.

Nancy wirkt nervös. Unsicher setzte sie sich auf den Stuhl vor dem Schreibtisch.

„Herr Doktor Strauss hat mir von Ihrem Test erzählt", sagte Hendrik freundlich. Nancy rutschte unruhig auf ihrem Stuhl herum und unterbrach Hendrik barsch.

„Ich bin nicht … debil." Sie sprach das Wort falsch aus. Sie wusste auch gar nicht, dass es *schwachsinnig* bedeutet. Strauss und Hendrik wechselten kurz einen irritierten Blick.

„Das wissen wir. Das hat damit auch nichts zu tun."

„Ich bin normal. Ich will, dass alles so bleibt, wie es ist."

„Das verstehe ich nicht. Die Anfechtung Ihres Urteils ist doch nur gut für Sie", sagte Strauss mit ruhigem Ton. Nancy schüttelte den Kopf.

„Wenn das Gericht einen Fehler gemacht hat, ist es Ihr gutes Recht, dass der Fehler korrigiert wird", versuchte ihr Strauss so simpel wie möglich die Tatsachen zu erklären.

„Da wurde aber kein Fehler gemacht." Sie schüttelte bestimmt den Kopf.

„Ich will das nicht." Ihre Stimme war fest und zugleich flehend.

„Frau Konnopke, das ist eine Chance. Sie sind wegen einer sehr schwer wiegenden Tat verurteilt worden. Aber bei eingeschränkter Schuldfähigkeit …“, sagte Hendrik nachdrücklich.

„Ich habe ihn aber mit Absicht vor die S-Bahn geschubst. Der hat das nicht anders verdient“, sagte Nancy angespannt.

„Ich kann mir nicht vorstellen, dass Sie das ernst meinen.“ Strauss war verwundert und Hendrik fragte zur Sicherheit genauer nach:

„Haben Sie … Angst vor irgendetwas? Dann sagen Sie es uns. Vielleicht können wir das aus der Welt schaffen.“

„Haben Sie Angst, draußen alleine zu sein?“, unterstützte ihn Strauss. Nancy sah ihn ängstlich an – sie fühlte sich ertappt. Strauss lehnte sich Nancy einfühlsam entgegen.

„Geht es darum?“, fragte er leise. Nancy sah ihn mit panischem Blick an und fing vor Erregung an zu zittern. Strauss runzelte die Stirn. Er witterte nichts Gutes.

Plötzlich sprang Nancy Strauss jaulend an und würgte ihn mit beiden Händen. Strauss japste nach Luft. Hendrik sprang erschrocken auf und versuchte die rasende Nancy von dem keuchenden Strauss wegzuziehen, aber Nancy hatte eine unbändige Kraft.

„Ich will – das – nicht …!“, presste sie immer wieder wütend hervor.

Strauss und Jansen waren perplex. Sie ahnten, dass hinter Nancys Wutausbruch eine unbestimmte Angst steckte. Aber solange sie ihre Tat scheinbar skrupellos bejahte, würde sie einsitzen müssen. Sie hatte ihr Ziel erreicht. Sie würde in Reutlitz bleiben.

Vor der Werkstatt wartete Kerstin angespannt auf Fisch. Auf der A wurde ein Junkie erwischt, mit genau den Pillen, die Fisch aus dem Krankenzimmer geklaut hatte. Kerstin stellte Fisch zur Rede, aber Fisch zuckte gelangweilt mit den Schultern. Kerstin war sprachlos über Fischs Kaltschnäuzigkeit und versuchte es erneut auf die strenge Art: „Die Dealerei hört sofort auf. Sie geben mir alle Tabletten, die Sie noch haben."

Fisch unterbrach sie provokant. „Sonst? Wenn du jetzt zum Jansen gehst, bist du deinen Job los. Das war Diebstahl und du hast versucht die Sache hinter seinem Rücken zu regeln."

Kerstin sah Fisch fassungslos kopfschüttelnd an. Die guckte Kerstin frech in die Augen: „Genau wie der Itaker ... ihr macht alle einen Stress! Ist doch gut, wie es ist. Jeder hat was davon." Sie zuckte mit den Schultern und ergänzte:„So läuft das hier." Fisch machte es richtigen Spaß, Kerstin so erschüttert zu sehen. Sie war beinahe stolz auf ihre gekonnte Tour. Sie streckte sich innerlich und hielt provokant den Augenkontakt mit Kerstin. Sie lächelte und setzte noch einen drauf: „Als Ex-Knacki solltest du das wissen."

Ein Beamter kam herein und schloss die Tür zur Werkstatt auf.

„Danke noch mal, Frau Doktor", sagte Fisch betont offiziell und gab dem Schauspiel noch ein freches Finale. Aber die Freude hielt nicht lange an. Kerstin wollte sich gar nicht erst von Fisch erpressen lassen und beichtete alles ihrem Vorgesetzten Hendrik Jansen. Kurze Zeit später saß Fisch in Hendriks Büro. Sie wähnte sich in Sicherheit, aber sie merkte recht bald, dass er auf Kerstins Seite war. Er guckte Fisch verächtlich an. „Jemand setzt seinen Job aufs Spiel, um Ihnen eine Chance zu geben – und Sie haben nichts Besseres zu tun als ihr in den Rücken zu fallen."

Fisch schnaubte wütend: „Das heißt, ich krieg den ganzen Ärger und die Herzog ist fein raus?!" Fisch konnte es nicht glauben. Hendrik beugte sich Fisch entgegen und guckte sie durchdringend an. „Für Sie heißt das: Arbeitsverbot bis auf weiteres. Und den Rest überlassen Sie ruhig mir."

Fisch kochte vor Wut.

In dieser Verfassung ging sie zu Therapiestunde bei Dr. Strauss. Simone begrüßte sie feindselig: „Was willst du!? Mit dir will keiner hier was zu tun haben!"

Fisch kämpfte mit sich. Simone warf ihr einen bösen Blick zu und provozierte weiter: „Worauf wartest du noch! Verpiss dich!"

Die Worte trafen Fisch wie einen Messerstich. Sie ballte ihre Hände zu Fäusten und haute Simone mit voller Wucht ins Gesicht. Simone taumelte zurück und fasste sich an die blutende Nase. Strauss, der mit den anderen verblüfften Frauen in einer Runde saß, eilte Simone sofort zu Hilfe. Nancy sprang auf und brüllte Fisch an: „Was soll denn das?! Bist du bescheuert?!" Nancys Augen funkelten.

„Misch du dich nicht ein, du Bettpisser!"

Das brachte das Fass zum Überlaufen. Nancy stürzte sich mit einem Wutschrei auf Fisch. Die krachte zu Boden. Eine Keilerei kam in Gang: Schmatzende, krachende Geräusche von Faust auf Fleisch, Faust auf Knochen. Zwischendurch hysterisches Geschrei und schweres Schnaufen. Erst nach einer Weile konnten Strauss und ein Beamter die beiden zähmen.

Fischs Aggressivität war für die Gefängnisleitung zu einem echten Problem geworden. Hendrik wollte sie zur Strafe in Isolationshaft stecken. Birgit Schnoor war skeptisch. Sie hatte immer noch die Hoffung, Fisch würde durch eine anständige Aufgabe zu bändigen sein. Aber auch Strauss war Hendriks Meinung. Sie musste lernen, die Konsequenzen für ihr unkontrolliertes Zuschlagen zu tragen. In die Therapiestunde sollte sie aber weiterhin gehen. Die Justizverwaltung wollte nämlich, dass sich Fisch mit ihrem Opfer auseinander setzen sollte …

Peter Berger kam nach Reutlitz. Das Opfer der S-Bahn-Schubser-Gang hatte nie die Gelegenheit gehabt, seine Peiniger zu sehen. Während des Prozesses lag er noch im Krankenhaus. Die brutale Attacke der Gang hatte ihn einen Arm und ein Bein gekostet, die von der S-Bahn mit ihren scharfen Kufen abgetrennt worden waren. Ohne Rollstuhl ging seitdem gar nichts mehr. Berger wollte mit den Täterinnen sprechen. Er wollte verstehen, warum sie das getan hatten. Er wirkte ziemlich niedergeschlagen, bemühte sich aber tapfer um Fassung. Strauss war erschüttert. Er versprach Peter Berger, die Frauen von einem gemeinsamen Gespräch zu überzeugen. Das war eine psychologische Methode, um geschehenes Unrecht für alle erträglicher zu machen.

Während Peter Berger von einem Beamten über den Verwaltungshof Richtung Ausgang geschoben wurde, ging Strauss durch die Gitterschleuse zu Fisch auf den Hof. Sie beobachtete Peter Berger ohne zu wissen, dass er ihr Opfer war.

Sie begrüßte Strauss spöttisch: „Na, müsst ihr jetzt auch die Behindertenquote erfüllen?“

Strauss, der noch ganz benommen war von Bergers Schicksal, blickte Fisch aufgewühlt an.

„Erkennen Sie ihn nicht?“, fragte er gereizt.

Fisch zuckte nur die Achseln.

„Sehen Sie genau hin! – Das ist der Mann, der Ihretwegen den Rest seines Lebens im Rollstuhl sitzt!“ Fisch erkannte ihn jetzt, wandte sich dann aber ungerührt an Strauss. „Ja und? Wegen dem Arschloch sitz ich im Knast!“

Strauss stockte der Atem. Mit so viel Frechheit hatte er nicht gerechnet. Er griff Fisch grob an den Schultern und schrie: „Wenn das Ihr Ernst ist, gehören Sie nicht nur für einige Jahre hinter Gitter – sondern für immer!“

Diese Maßregelung stachelte Fischs Zorn nur noch mehr an. Hasserfüllt spuckte sie ihm ins Gesicht. Fisch guckte in hilflos zornige Augen. Nach einem kurzen Windhauch spürte sie eine harte Hand auf ihrer Wange.

Fisch wanderte direkt in die Isozelle. Dort lag sie einsam im Bademantel auf ihrem Bett und starrte an die Decke. Die lebhaften Geräusche vom Flur lösten in ihr ein bitteres Gefühl von Ungerechtigkeit aus. Schuld waren sowieso immer die anderen, davon war Fisch fest überzeugt. Ihr stumpfer Blick fiel auf die Wand neben dem Bett. In dieser Zelle hatten schon einige ihre Strafe abgesessen. Sie sah schwarze Striche, die die Hafttage zählten, obszöne Zeichnungen, Kritzeleien. Fisch nahm einen Bleistift und schrieb grimmig „Fuck you“ dazu. Alles, was sie fühlte, war Wut. Sie wollte weiter das Dope mit Mel verticken, dafür musste sie aber wieder in der Werkstatt arbeiten.

Als sie von einem Schließer aus der Isozelle ins Bad geführt wurde, traf sie Birgit Schnoor: „Kann ich Sie einen Moment sprechen? Bitte?“ Fisch legte bewusst einen unterwürfigen, freundlichen Ton auf. Birgit Schnoor ging gesprächsbereit auf sie zu. Fisch setzte ein niedergeschlagenes Gesicht auf und sagte mit schuldbewusster Stimme: „Ich weiß, ich habe Scheiße gebaut ... Ich habe Dr. Strauss den ganzen Tag nur provoziert ... kein Wunder, dass er sauer geworden ist ...“ Sie drückte gezielt auf die Tränendrüse. Frau Schnoor fiel darauf rein. Fisch fühlte sich ermuntert: „Keine Ahnung, was mit mir los ist. Deshalb würde ich auch gern in den Gesprächskreis zurück.“

„Das ist nicht meine Entscheidung“, sagte Birgit Schnoor.

„Können *Sie* denn nicht mit Herrn Jansen und Dr. Strauss reden? Sie sind doch meine Vertrauensbeamtin. Bitte!“ Ein gekonnter Augenaufschlag, Kummerfalten auf der Stirn, eine flehende Stimme. Fischs Mitleidsnummer zog. Birgit Schnoor setzte sich bei Hendrik Jansen für Fisch ein. Sie erzählte ihm von ihren „ehrlichen“ Entschuldigungen und ihrer offensichtlichen Reue.

Dr. Strauss war weniger leichtgläubig. Er durchschaute Fisch. „Sie ist gar nicht bereit, die Tragweite ihrer Tat zu verstehen.“

Fisch saß in ihrer Zelle und stritt sich mit Nancy, als es an der Tür klopfte. Strauss streckte seinen Kopf herein. „Frau Fischer? Ich würde gern mit Ihnen sprechen."

Fisch guckte Strauss erstaunt an. Nancy blieb neugierig stehen. Fisch gab sich vor Strauss ihr gegenüber betont freundlich. „Kannst du uns bitte allein lassen? Wir sehen uns später."

Nancy ging irritiert durch die Tür.

„Sie haben sich versöhnt?", fragte Strauss neugierig.

„Klar! War ja keine große Geschichte", sagte sie betont locker. Sie sah in Strauss' kritisches Gesicht. *Was hat der vor?*, dachte sie etwas nervös.

„So sehen *Sie* das vielleicht", bohrte Strauss.

Fisch hatte keine Lust auf tief greifende Gespräche. Sie wollte einfach nur ihre Ruhe. Gereizt fauchte sie: „Hören Sie, es tut mir Leid, was passiert ist, okay? Das hab ich Frau Schnoor auch schon gesagt."

Aber Strauss war offensichtlich noch nicht zufrieden.

„Was tut Ihnen Leid?"

„Ja was wohl! Dass ich Sie angespuckt habe, natürlich!", fuhr sie Strauss an.

„Ist das alles?"

Fisch wusste genau, worauf er hinaus wollte, aber sie würde nichts zu ihrer S-Bahn-Tat sagen. „Dass ich in der Gesprächsgruppe ausgerastet bin auch."

Strauss sah sie herausfordernd an. Langsam aber sicher fühlte sie sich von Strauss in die Ecke gedrängt. „Wird das ein Psychospiel oder was?"

„Ich dachte, Sie wollen zurück in die Gruppe!", sagte Strauss.

Fisch zuckte mit den Achseln. Er ging ihr gewaltig auf die Nerven mit seiner quälenden Fragerei.

„Ja! Und ich hab mich entschuldigt. Das reicht doch wohl für den Anfang, oder?"

„Ich fürchte nicht!", konterte Strauss.

Fisch verlor die Beherrschung und sagte im Rausgehen mit aggressivem Ton: „Sie sind genau so ein Arsch wie mein Alter."

Strauss sah ihr nachdenklich hinterher.

7.

Fisch hatte Strauss ein interessantes Stichwort geliefert. Jetzt wollte er mehr wissen über Fischs Familie und Herkunft. Er musste hinter ihre Fassade blicken, um die Lösung für ihr aggressives Verhalten zu finden. Gemeinsam mit Hendrik und Schnoor blätterte er Fischs Akte durch. Als Kind war sie mit ihren Eltern als russische Spätaussiedler nach Deutschland gekommen. Eine schwierige Umstellung für ein Kind, fand Dr. Strauss. Der Vater war in Russland Eisenbahningenieur gewesen und hat in Deutschland keine Arbeit gefunden – nur als Streckenarbeiter. Die Mutter arbeitete als Putzfrau.

„Tja ... da war wohl nicht genug Geld da für Heidrun ... und den Rest hat sie sich eben bei Einbrüchen und Überfällen geholt", folgerte Hendrik.

„Geld allein kann auch nicht verhindern, dass Kinder auf die schiefe Bahn geraten", sagte Strauss bitter. Er dachte dabei an sein Sohn Thoralf, dem er immer wieder Geld geliehen hatte. Ein Fass ohne Boden ...

„Also für mich hört es sich so an, als ob der Vater der Schlüssel ist", sagte Hendrik.

„So einfach ist es meist nicht!" Strauss machte eine abwehrende Geste mit der Hand.

„Heißt das, dass Sie ihr doch helfen werden?“, freute sich Schnoor.

Strauss zuckte mit den Schultern und nickte dann leicht. „Aber in die Gruppe werde ich Frau Fischer noch nicht wieder aufnehmen“, fügte er noch schnell hinzu.

„Lassen Sie sie später zu mir bringen“, forderte Strauss Hendrik auf.

Fisch stand im Therapiezimmer vor Strauss' Schreibtisch. Sie fühlte sich unwohl in ihrer Haut. *Ein bisschen reden mit Strauss und dann soll er mir den Job in der Werkstatt wiedergeben*, dachte sie.

„Setzen Sie sich!“ sagte Strauss auffordernd, aber freundlich.

Fisch blieb demonstrativ stehen, aber Strauss ließ sich nicht beirren. „Ich muss mich bei Ihnen entschuldigen.“

Fisch war perplex. Wofür wollte sich Strauss denn entschuldigen?

„Ich hätte Sie nicht schlagen dürfen.“ *Er entschuldigt sich bei mir für die Ohrfeige?*, dachte sie irritiert. Trotzdem blieb sie auf Distanz. „Und?“ Sie schaute Strauss herausfordernd an.

„Sie haben gesagt, ich sei wie Ihr Vater.“

Fisch spürte einen kleinen Stich in der Magengegend. „Das war nur so ein Spruch“, sagte sie flapsig. Strauss wurde direkter: „Hat er Sie auch geschlagen?“

„Nein“, rief sie verblüfft. Fisch schaute Strauss mit großen Augen an. Er hatte das Gefühl, dass ihre spontane Antwort echt war. Er gab sich dennoch nicht zufrieden.

„Aber er hat Sie auch unter Druck gesetzt!?“

Fisch wandte ihren Blick von Strauss und blickte auf ihre Schuhspitzen. „Nein. Wir haben uns prima verstanden."

Strauss konnte raushören, dass es nicht echt klang und bohrte weiter nach. „Auch nach Ihrer Tat?"

„Natürlich." Fisch spürte, wie sich ihr Hals zuschnürte und doch bemühte sie sich, Strauss direkt anzugucken. Er sollte ihr glauben.

„Er hat Ihnen also keine Vorwürfe gemacht?"

Fisch trat von einem Fuß auf den anderen. „Wieso sollte er? Er weiß, dass es nicht meine Schuld war."

„Und wessen Schuld war es dann?"

„Kalles. Und Nancys", kam es wie aus der Pistole geschossen.

„Und warum haben Sie dann nach seinem Besuch Raffaella Caprese zusammengeschlagen?"

Fisch sah vor ihrem geistigen Auge wieder ihre Eltern auf dem Weg aus dem Knast. Weg von ihr, sie hatten ihr einfach den Rücken zugedreht. Sie spürte erneut den Schmerz. Er zog sich von der Magengegend mitten ins Herz. Es tat verdammt weh. Fisch hatte das Gefühl, keine Luft mehr zu bekommen. Sie konnte Strauss unmöglich eine Antwort geben.

„Was hat Ihr Vater zu Ihnen gesagt?"

„Nichts", hauchte Fisch. Strauss hatte sie gleich da, wo er sie haben wollte: in ihrem tiefsten, wahren Innern.

„Warum beschimpfen Sie ihn dann als ‚Arsch'?"

Fisch ballte ihre Hände zu Fäusten. Sie fühlte sich in die Enge getrieben und doch auf eine angenehme Weise befreit.

„Hassen Sie ihn?", fragte Strauss. Fisch biss sich auf die Lippen.

„Hassen Sie Ihren Vater, Frau Fischer?“ Strauss' Stimme wurde nachdrücklicher, aber sie blieb trotzdem sanft. Fisch spürte eine kleine Sympathiewelle in sich aufsteigen.

„Ich hab ihn geliebt …“, flüsterte sie.

Strauss war einen Moment lang überrascht über diese Antwort, hakte aber weiter nach. „Aber?“

Plötzlich platzte es aus Fisch heraus. „Er hat mich im Stich gelassen!“, rief sie verletzt und sagte leise und tonlos hinterher: „Ich hab mich bei ihm entschuldigt, aber er hat mich trotzdem im Stich gelassen!“ Fisch spürte Tränen aufsteigen, die sie aber versuchte hinunterzuschlucken. Wenigstens weinen wollte sie nicht.

„Frau Fischer, Sie schlagen doch nicht erst seit dem Besuch Ihres Vaters um sich.“

Fisch rang um ihre Fassung. Auf der einen Seite stieß sie das Gespräch ab und auf der anderen Seite berührte es sie seltsam. Ihr Blick fiel auf die Zeitungsausgabe mit der S-Bahn-Schubser-Schlagzeile. Sie versuchte es so zu lesen, als hätte es nichts mit ihr zu tun. Aber es funktionierte nicht richtig. Fisch zappelte ungeduldig auf ihrem Stuhl herum, während Strauss ihr die Zeitung über den Tisch schob.

„Warum haben Sie Peter Berger vor die S-Bahn gestoßen?“, fragte er offensiv.

Fisch konnte nicht mehr auf die Zeitung gucken. Vogel Strauß spielen war angenehmer.

„Das war nicht meine Idee! Hab ich doch schon gesagt!“, sagte sie genervt.

„Aber Sie haben mitgemacht!“

Fisch war getroffen und konnte nichts mehr sagen.

„Im Prozess haben Sie ausgesagt, dass er Ihnen keine Zigarette geben wollte." Strauss wurde konkreter. Fisch versuchte das Geschehene weiter aus ihrem Kopf zu drängen und mauerte.

„Dann wird es wohl auch stimmen", sagte sie lapidar. Strauss spürte, dass er in dem Fall nicht weiterkam. „Also gut. Für unser nächstes Gespräch werden Sie Ihren Lebenslauf schreiben. Von der ersten Situation als Kind, an die Sie sich erinnern, bis heute."

Fisch schoss das Blut in den Kopf. „Wozu? Was hat das damit zu tun?", fragte sie erschrocken.

„Das überlassen Sie mir! Und Sie schreiben nicht in der Ichform, sondern in der dritten Person. Als ob Sie sich selbst beobachten würden."

Fisch schnaubte durch die Nase, verschränkte die Arme vor der Brust und sah ihn provokant an. „Und wenn ich keinen Bock darauf habe?", sagte trotzig.

„Wandern Sie beim nächsten Vorfall nicht in Isolationshaft, sondern in den Bunker."

Fisch wusste nicht, was das Ganze sollte. Irgendwie schien Strauss sich für sie zu interessieren und doch spürte sie eine Strenge, die sie als Ablehnung empfand. Sie guckte ihn ärgerlich an und ging lieber auf Konfrontationskurs. „Wollen Sie mir drohen?"

„Sie sind die Bedrohung, Frau Fischer. Und wenn Sie sich nicht in den Griff bekommen, ist irgendwann auch Herr Jansens und Frau Schnoors Geduld mit Ihnen erschöpft."

Nancy hängte sich immer enger an Simone. Fisch konnte ihr keinen Halt geben. Sie war trotz der gemeinsamen Vergangenheit keine Freundin für Nancy. Außerdem war sie nicht nett zu Simone, aber das würde sich ändern.

„Ich hab mit Fisch gesprochen. Sie lässt dich in Ruhe“, sagte Nancy stolz zu Simone, während sie Pflanzen in der Gärtnerei umtopfte.

„Nancy … Ich will nicht weg, weil ich vor Fisch Angst habe. Und das weißt du auch.“

Nancy guckte weg, sie wollte die Wahrheit nicht wissen.

„Ich hab dich wirklich sehr gern“, sagte Simone mit sanftem Ton.

„Und warum willst du dann gehen?“ Nancys Stimme war voller Angst.

„Weil ich einen Sohn habe, der mich braucht“, sagte Simone entschieden.

„Ich brauch dich auch.“

„Aber du sagst doch, dass deine Freundin Kalle bald kommt“, munterte Simone Nancy auf.

Nancys Gesicht verzog sich plötzlich zu einer wütenden Grimasse:

„Kommt sie nicht! Du willst mich nur loswerden!“

„Nein … das ist nicht wahr!“, wehrte sich Simone.

„Doch! Du lügst! Du lügst! Du lügst!“ Nancy stampfte wie ein zorniges Kind mit ihren massigen Beinen auf den Boden. Plötzlich brach er unter ihr zusammen und Nancy krachte in ein Erdloch.

Simone stieg ihr sofort helfend nach und wanderte mit einem

Feuerzeug suchend über den Boden. Nancy war zum Glück nichts passiert.

„Ich muss echt sauer gewesen sein“, lachte Nancy. Sie führte das Loch auf ihr kraftvolles Stampfen zurück.

„Das war vorher schon da“, sagte Simone amüsiert.

„Unter Reutlitz gibt es ein Tunnelsystem. Ich hab mal drin festgesteckt.“

Nancy guckte fragend.

„Das ist eine lange Geschichte.“

Nancy wäre am liebsten mit Simone durch den Tunnel abgehauen. Sie malte sich aus, Simones Sohn zu heiraten und mit ihnen als richtige Familie in einem Haus zusammenzuleben. Aber Simone hatte ganz andere Sorgen. Ihrem Antrag auf Verlegung wurde nicht stattgegeben, weil man ihr unterstellte, sie würde dann wieder als Prostituierte arbeiten. Simone wollte den Tunnel eigentlich bei Hendrik melden. Aber sie war so frustriert, dass sie ihren Mund hielt.

Nachdem sie den ersten Schock überwunden hatte, fing sie an, den Tunnel weiter auszugraben. Nancy hatte große Angst, dass Simone ohne sie abhauen würde und drohte ihr: „Ohne mich gehst du nicht. Sonst erzähle ich ihnen davon.“

Fisch wusste nichts von dem Tunnel und Nancys fantasievollen Plänen. Sie kam aus der Nasszelle und entdeckt Melanie, die am Tisch stand und einige Blätter mit Fischs handgeschriebenen Notizen in der Hand hielt. Sie hatte angefangen, ihr Leben aufzuschreiben, wie Strauss es wollte. Im Hintergrund lief Peter Maffays „Über sieben Brücken musst du gehen“ aus Ilses Wünsche-Box – dem hauseigenen Radiosender.

„Heidrun träumte davon, zum Bundesgrenzschutz zu gehen“, las Melanie spöttisch vor.

„Leg das sofort wieder hin!“, sagte Fisch wütend. Sie spürte das Blut in den Schläfen pulsieren.

Melanie stichelte weiter: „Da träumst du wirklich davon. Mit dem Lebenslauf!“

Fisch explodierte wieder. Sie stürzte sich auf Melanie und riss an den Blättern. Melanie ließ sich von ihr nicht beeindrucken. „Hat der Doc dich zu der Scheiße gezwungen?“

„Das geht dich nichts an!“

„Du tust echt alles dafür, wieder im Business zu sein. Respekt!“

„Verarsch mich bloß nicht!“, keifte Fisch.

„Jetzt komm mal wieder runter.“ Melanie warf Fisch ein Tütchen mit Gras rüber. „Vielleicht hilft dir das ja dabei.“

Fisch blickte überrascht darauf.

„Kleiner Vertrauensvorschuss, sozusagen.“ Damit ging Mel hinaus. Fisch blickte ihr nach. Einen Moment lang überlegte sie, was sie mit dem Dope tun sollte. Dann ging sie zu ihrer Matratze und zog den kleinen Stoffbeutel darunter hervor, den sie von Anfang an dort aufbewahrt hatte. Sie öffnete ihn und stopfte das Gras hinein. Dabei fiel das Foto von ihr und ihrem Vater heraus, das sie als kleines Mädchen neben ihm zeigte. Da war er wieder, dieser verdammte Schmerz. Sie spürte die Sehnsucht an sich nagen, die sich abwechselte mit einer ohnmächtigen Wut. *Warum kann er mir nicht verzeihen? Ich bin seine Tochter, sein eigen Fleisch und Blut*, dachte sie bitter und guckte starr auf das Foto. *Nie kann ich es ihm recht machen, er hat mich einfach aufgegeben …* Sie stand mit einem Ruck auf, immer noch das Foto zwischen Daumen und Zeigefinger gepresst und lief unruhig hin und her. Dann blieb sie plötzlich abrupt stehen und stopfte das Foto entschlossen in die Stofftasche zurück. Aus den Augen, aus dem Sinn. Sie wollte einfach nicht mehr daran denken, dann würde sie auch keinen Schmerz mehr spüren.

Aber Strauss hatte einen anderen Plan. Fisch sollte sich noch einmal mit ihrem Vater treffen. Solange sie ihm die Schuld für alles geben konnte, wie er ihren Aufzeichnungen entnahm, würde sie nie Verantwortung für sich übernehmen.

„Nein!“, war Fischs entschiedene Antwort. Sie stand vor Strauss im Therapiezimmer und sah ihm trotzig ins Gesicht. „Ich will ihn nicht sehen! Lieber lass ich mich auf die C stecken!“ Fischs Panik schnürte ihr den Hals zu. Sie hatte wahnsinnige Angst, ihren Vater zu treffen und sich wieder eine Abfuhr einzuhandeln. Das würde sie nicht durchstehen. Sie verschränkte die Arme vor der Brust.

„Sie müssen nicht, wenn Sie nicht wollen“, sagte Strauss entgegenkommend.

Fisch sah ihn misstrauisch an.

„Sie haben selbst gesagt, dass Sie Ihren Vater lieben.“

Fisch schluckte. Sie musste an das Foto denken. „Das ist vorbei“, hörte sie sich selbst sagen. Es klang seltsam hohl.

„So etwas ist nie vorbei. Sie sind nur verletzt.“

Fisch schaute Strauss mit großen, ertappten Augen an, um gleich wieder getroffen ihren Blick zu senken. Sie ließ ihre Arme kraftlos neben dem Körper baumeln.

„Er hat sicher Fehler gemacht … aber das tun alle Väter …“ Dr. Strauss dachte an seinen Sohn.

„Was wissen Sie denn schon“, sagte Fisch bitter.

„Mehr als Sie ahnen. Würden Sie mir die Erlaubnis geben, ihn zu besuchen?“

Fisch wusste gar nicht, was sie sagen sollte. Sie spürte, dass Strauss sie offensichtlich ernst nahm. Zum ersten Mal hatte sie das Gefühl, dass ihr jemand wirklich helfen wollte. Da sie es aber nicht mehr gewöhnt war, konnte sie es kaum glauben.

„Meine Erlaubnis?“, fragte sie skeptisch.

Strauss nickte. Sie stellte sich vor, wie Strauss an der Haustür ihrer Eltern klingeln würde: Ihre Mutter würde die Tür öffnen, Strauss ins Wohnzimmer führen und Tee und Gebäck servieren. Fisch war von dem Vorschlag langsam aber sicher angetan. Aber sie konnte sich trotzdem nicht vorstellen, dass sich ihr Vater darauf einlassen würde.

„Der fällt glatt tot um, wenn vor seiner Tür ein Psychoheini vom Knast steht.“ Sie musste leicht schmunzeln.

„So wie Sie ihn beschrieben haben, glaube ich das auch!“, witzelte Strauss erleichtert über ihr verstecktes Einverständnis. Fisch sah ihm in die Augen und zum ersten Mal seit langem spürte sie wieder einen Hoffnungsschimmer.

8.

Strauss machte sich die Mühe und suchte Fischs Vater persönlich auf. Er ging durch ein heruntergekommenes Treppenhaus, in dem vergessene Mülltüten, Kinderwagen und Fahrräder herumstanden. Etwas entfernter war Kindergeschrei zu hören.

Everhard Fischer wirkte verschlossen. Er rauchte unentwegt Zigaretten und hustete. Er hatte Strauss gar nicht erst in die Wohnung gelassen, sie waren sich im Flur begegnet und dort im Durchzug stehen geblieben.

„Ich habe meine Tochter nicht gezwungen, kriminell zu werden“, sagte er abweisend.

„Sie waren immer sehr streng mit ihr“, entgegnete Strauss.

Everhard widersprach nicht, verteidigte sich aber: „Ich wollte, dass etwas Anständiges aus ihr wird!“

„Aber ich fürchte, dass Sie damit genau das Gegenteil erreicht haben!“ Strauss war ziemlich direkt und Everhard reagierte empört.

„Was wollen Sie damit sagen? Dass ich selbst schuld daran bin?“ Aufgebracht trat er seine Zigarette aus. „Diesen Unsinn muss ich mir nicht länger anhören.“

Strauss fand den Vater genauso bockig wie seine Tochter. Er hielt Everhard zurück. „Ich habe einen Sohn. Der mich genau so verletzt und enttäuscht hat wie Ihre Tochter Sie." Herr Fischer sah ihn überrascht an.

„Ich habe ihm alles erlaubt. Und ihm alles gegeben. Autos, Geld, eine Wohnung ... Aber mit seinen wirklichen Problemen habe ich ihn allein gelassen. Lassen Sie Heidrun nicht allein."

Fisch hoffte, dass ihr Vater einem erneuten Treffen zustimmen würde. Sie stellte sich immer und immer wieder vor, wie das Gespräch verlaufen würde. Sie merkte gar nicht, dass sie bei dem Gedanken daran ständig ihren Daumen in der Hand vergrub. So, als wollte sie sich selber die Daumen drücken. Sie wünschte sich so sehr eine zweite Begegnung und malte sie sich in den schillerndsten Farben aus. Ihr Vater würde sich bei ihr entschuldigen für sein harsches, abweisendes Verhalten. Am Ende würde er sie endlich in den Arm nehmen, seine verstoßene Tochter wieder in den Schoß der Familie aufnehmen. Fisch hatte Vertrauen gewonnen in Strauss' Fähigkeiten. Er konnte vermitteln, er war ihr verlängerter Arm nach draußen. Sie setzte alle ihre Hoffnungen in ihn und dennoch hatte sie von den letzten Erfahrungen ein großes Misstrauen behalten.

Aber Strauss hatte Fischs Vater überzeugt. Er konnte sich durch seine Erfahrungen mit seinem Sohn ziemlich gut in Everhard Fischer hineinversetzen. Strauss machte ihm klar, wie wichtig ein Treffen mit seiner Tochter war.

Als Fisch davon hörte, wurde sie dann doch sehr nervös. Sie biss auf ihren Nägeln herum, während sie im Therapiezimmer hibbelig auf einem der Stühle herumrutschte und auf ihren Vater wartete. Ihr Kopf war leer. Sie war ausschließlich damit beschäftigt, ihre Ungeduld im Zaum zu halten. Ihr Körper hatte dieselbe Anspannung wie beim letzten Mal, nur heute fühlte sie noch einen leichten Angstschweiß unter ihren Achseln. Sie durfte das jetzt nicht vermasseln ...

„Keine Sorge. Ich bleibe bei Ihnen", beruhigte Strauss Fisch. Fisch sagte nichts, guckte Strauss aber dankbar an. Dann klopfte es und gleichzeitig begann auch Fischs Herz in höherer Frequenz zu schlagen. Sie legte ihre Hände zwischen die Knie und presste sie so fest zusammen, bis sie einen Schmerz spürte, der sie davor schützte, vor Aufregung nicht gleich umzufallen. Sie hörte die Tür und Schritte, aber sie konnte ihren Vater noch nicht anschauen. Wie gelähmt starrte sie auf den Boden. Sie hörte Strauss sagen:

„Danke, dass Sie gekommen sind. Bitte setzen Sie sich." Everhard wählte einen Platz gegenüber von Fisch aus und ließ sich nieder. Fisch hob langsam ihren Kopf und sah ihn unsicher und ängstlich an. Sie versuchte in seinem Gesicht zu erkennen, mit welcher Einstellung er gekommen war. Aber sie konnte nicht viel darin lesen. Er guckte versteinert wie beim letzten Mal. Was hatte das zu bedeuten? Ihr Herz klopfte rasend schnell. Sie senkte ihren Blick erneut und wartet darauf, dass Everhard zu sprechen begann. Aber auch von ihm kam nichts. Sie saßen inmitten einer Wolke des Schweigens. Fisch scharrte mit dem Fuß über den Boden und als die Stille unerträglich wurde, startete sie einen Angriff:

„Wieso soll ich anfangen?" Sie blickte Strauss trotzig an und vermied es, ihren Vater anzugucken. Sie fühlte sich wie auf einer Anklagebank. „Ich hab mich letztes Mal schon bei ihm entschuldigt!"

„Sagen Sie das Ihrem Vater. Nicht mir", vermittelte Strauss in ruhigem Ton.

Mit verschränkten Armen lehnte Fisch sich in ihren Stuhl zurück und sah Everhard schweigend an. Jetzt sprach auch er:

„Du hast schon so oft gesagt, dass es dir Leid tut. Aber geändert hast du nichts. Immer wieder bist du mit diesen beiden Mädchen losgezogen. Obwohl ich es dir verboten habe!" Der erste Satz ihres Vaters lockerte sie ein wenig, aber was er sagte, machte sie gleichzeitig auch wütend.

„Du hast doch alles verboten! Und ich hatte sonst niemand!", schimpfte sie. Es folgten eine Reihe von Vorwürfen, in denen sie sich gegenseitig verletzten. Während Fisch sich immer weiter in Rage redete, geriet Everhard langsam ins Schwitzen.

„Du hättest dir andere Freunde suchen können!", sagte er, schon sichtlich geschwächt.

„Oh ja! Die haben sich auch geradezu um mich gerissen, Papa! Alle wollten mit dem russischen Aussiedlerkind spielen!", warf sie ihm scharfzüngig entgegen.

„Du bist keine Russin!"

„Aber auch keine Deutsche! Und ich wollte nie in dieses scheiß Land!" Fisch legte schonungslos alles auf den Tisch, was sie tief in ihrer Seele versteckt gehalten hatte: Wut, Trauer, Verletztheit. Aufgestaute Gefühle, die jetzt mit aller Wucht ans Tageslicht kamen. Sie nahm dabei keine Rücksicht, noch nicht einmal als ihr Vater sich mit einem Taschentuch immer wieder den Schweiß von der Stirn wischte. „Guck dich doch an! Guck dir an, was hier aus dir geworden ist! Ein Scheiß-Malocher, der für ein paar Kröten im Monat im Dreck wühlt! Und Mama schrubbt für andere Leute das Klo!“ Fisch hatte sich mittlerweile anklagend vor ihrem Vater aufgebäumt. Ihre Stimme donnerte laut.

„Das tun wir nur für dich, Heidrun!“, sagte Everhard mit krächzender Stimme.

„Ich hab euch aber nicht darum gebeten!“

„Wie kannst du nur so undankbar sein!“

Fisch sah in sein erschüttertes Gesicht und konnte nicht begreifen, dass ihr Vater das wirklich ernst meinte. Sie war schließlich die Leidtragende gewesen. „Wofür soll *ich* denn dankbar sein? Dass ich von meinen Freunden wegziehen musste? Für die beschissene Platte, in der wir hausen? Oder die Schule, wo alle gedacht haben, ich bin ein Versager?“ Fisch fühlte sich befreiter. Endlich konnte sie ihrem Vater das sagen, was sie wirklich dachte. Everhard machten ihre Vorwürfe zunehmend zu schaffen. Er wurde immer kurzatmiger und bekam einen roten Kopf.

„Beruhigen Sie sich wieder, Frau Fischer“, schaltete sich Strauss ein.

Fisch wandte sich ihm ungebremst zu. „Und Sie? Wollen Sie wissen, warum ich Peter Berger vor die S-Bahn gestoßen habe? Ja? Wollen Sie es wirklich wissen?“ Fisch sah ihn mit blitzenden Augen an und zeigte dann mit spitzem Finger auf ihren Vater. „Dann fragen Sie ihn! Fragen Sie ihn, warum er mein ganzes Leben versaut hat!“

Fisch empfand Genugtuung, als sie ihren Vater sprachlos sah. Sie war in ihrer Verletztheit nicht mehr zu stoppen und teilte ein letztes Mal grausam aus: „Und ich wünschte, du hättest auf den Schienen gelegen!“

Nach einem kurzen Moment der atemlosen Stille griff sich Everhard mit schmerzverzerrtem Gesicht an die Brust und rang nach Luft. Strauss eilte zu ihm und fühlte seinen Puls.

„Rufen Sie einen Beamten. Der Mann muss ins Krankenhaus! Schnell!“

Als Fisch die Schärfe in Strauss' Stimme hörte, schoss ihr das Adrenalin durch den Körper. Sie rannte zur Tür und als sie den Beamten um Hilfe rief, überschlug sich ihre Stimme fast vor lauter Sorge. Mehr konnte sie in dem Augenblick nicht tun. Strauss setzte eine Spritze in den Arm ihres Vaters. Ihre Beine schlotterten und sie spürte, wie ihr die Angst um ihren Vater in die Glieder kroch.

Es dauerte nicht lange und der Notarzt kam. Fisch war zu einer Salzsäure erstarrt. Sie sah alles nur noch in Zeitlupe, die Geräusche waren unwirklich weit weg.

„Herzinfarkt. Ein Trombolytikum wurde ihm schon injiziert“, hörte sie Strauss eindringlich sagen. Sie sah ihn neben dem Arzt und den Sanitätern herlaufen, die die Trage mit Everhard eilig über den Hof zum Rettungswagen rollten. Sie hievten ihn hoch und schlossen die Türen. Das laute Geräusch der Sirene bohrte sich durch Fischs Ohr und hämmerte unerbittlich unter ihrer Schädeldecke. Übelkeit wallte in ihrem Mund. Sie fühlte sich absolut ohnmächtig. Ein Beamter brachte sie zurück auf die B. Ihre Beine waren schwer wie Blei. Sie sah niemanden wirklich klar, guckte durch alle hindurch.

„Na? Sind die Sicherungen doch durchgeknallt?“, fragte Melanie auf der Zelle.

„Hab dir gleich gesagt, der kriecht nicht zu Kreuze.“ Fisch nahm gar nicht wahr, was gesprochen wurde. Nur als Schnoor hereinkam, blickte sie gespannt auf.

Melanie fragte lakonisch: „Und? Hat er den Löffel abgegeben?“

Fisch fühlte sich zu angeschlagen, um Melanie an die Gurgel zu gehen. Sie starrte Schnoor wie gebannt auf den Mund.

„Er wird durchkommen.“

Fisch gab keinen Mucks von sich. Sie wirkte bemüht gefasst, aber in ihr tobte ein Orkan.

„Wenn ich was Neues höre, sag ich Ihnen Bescheid.“

Fisch nickte wortlos. Ihr Mund war trocken, ihre Zunge lahm. Melanie spürte, dass Fisch das Ganze nicht wirklich egal war. „Vergiss ihn“, sagte sie ruhig und ging rücksichtsvoll.

Fisch konnte zum ersten Mal durchatmen. Einigermaßen erleichtert rauchte sie eine Zigarette, wie gewohnt zwischen Mittel- und Ringfinger geklemmt. Sie schaute ziellos aus dem Fenster. Ihr Blick war viel mehr nach innen gerichtet. In ihrem Kopf rasten viele Bilder umher: das Gespräch, der Blick ihres Vaters, Strauss, der Notarzt, die Sirene … Es dauerte eine ganze Weile, bis sie das Geschehene klarer sah. Sie hatte auf ihren Vater unbarmherzig eingeschimpft. Was man eben so sagt, wenn man wütend ist. Das hätte ihn fast das Leben gekostet. Fisch durchfuhr ein kleiner Schwächeanfall bei dem Gedanken und sie biss sich so lange in das Nagelfleisch, bis sie Blut schmeckte. Sie musste etwas tun. Ihr Vater sollte wissen, dass sie das unter keinen Umständen gewollt hatte. Sie wurde unruhig. *Was kann ich tun?*, dachte sie verzweifelt, *dass er weiß, dass es mir Leid tut?* Sie verwünschte den Knast. Aus lauter Not kam ihr dann der Gedankenblitz, einen Brief zu schreiben. Sie wollte nicht untätig herumsitzen. Vielleicht würde das seine Genesung beschleunigen. Eilig griff sie zu Blatt und Stift und begann aufgeregt zu schreiben:

Lieber Papa,

es tut mir so Leid. Ehrlich. Das ist nicht einfach so dahin gesagt, ich finde nur keine besseren Worte. Ich mache mir furchtbare Sorgen um dich. Bitte werde bald wieder gesund. Ich wünsche mir nichts anderes. Ich habe dich verletzt, aber ich war so wütend, so traurig, dass du mich im Stich gelassen hast. Ich meinte es nicht so. Glaub mir bitte! Meine Sicherungen sind durchgeknallt. Das Gefängnis macht einen wahnsinnig. Ich entschuldige mich bei dir, in der Hoffung, dass du mir ein letztes Mal verzeihst. Bitte gib uns noch eine Chance. Ich werde dir nie wieder so wehtun, auch wenn du mir nicht glaubst.

Papa, ich brauche dich …

Deine Heidrun, dein Püppchen …

Fisch stiegen die Tränen in die Augen. Sie faltete den Brief, legte ihn in einen Umschlag und umklammerte ihn noch lange auf dem Schoß. Er stand stellvertretend für ihren Vater, den sie am liebsten in den Arm genommen hätte. In Gedanken sagte sie immer wieder: *Lieber Gott, bitte mach Papa wieder gesund ... Mach Papa wieder gesund ...* Die Tränen rannen ihr über die Wangen den Hals hinunter.

Während der Freizeit ging Fisch auf dem Hof zu Dr. Strauss, der gerade durch die Gitterschleuse kam.

„Doktor Strauss ...“, sprach sie ihn kleinlaut an. Strauss blieb stehen.

„Gibt's was Neues? ... Mein Vater ... wie geht's ihm?“, fragte sie, ängstlich auf eine Antwort wartend.

„Besser“, sagte er aufmunternd. „Er kommt wieder auf die Beine.“

Fisch seufzte erleichtert. Sie drehte den Brief hinter ihrem Rücken in den Fingern. Im Hintergrund sah sie unbewusst einen Transporter auf den Hof fahren. Nach ein paar Sekunden des Zögerns reichte sie Strauss den Brief. „Können Sie ihm den geben?“

Strauss guckte sie überrascht an. Er nahm den Brief nicht entgegen. „Wenn die Ärzte nichts dagegen haben – ich kann mich gern um eine Besuchserlaubnis kümmern.“

Fisch zog den Brief wieder an sich. „Er will mich doch bestimmt nicht sehen.“

„Ich denke, Ihrem Vater ist auch klar geworden, dass es so nicht mehr weitergeht“, sagte Strauss ernst.

„Warum war ich nur so gemein zu ihm. – Er wäre beinahe ...“ Fisch wagte es nicht auszusprechen. „Es tut mir so Leid“, sagte sie zerknirscht.

„Sagen Sie das nicht mir. – Sagen Sie es Ihrem Vater.“ Den Spruch hatte Fisch vor nicht allzu langer Zeit schon mal gehört. Sie biss sich beschämt auf die Lippen.

„Ich kümmere mich um alles“, munterte Strauss sie auf.

Fisch nickte mit gesenktem Blick. „Danke.“ Dann ging sie nachdenklich über den Hof und betrachtete den Brief. Wie gerne hätte sie ihrem Vater wenigstens ein Zeichen gegeben …

9.

Strauss sprach mit Hendrik über Fischs geplanten Besuch bei ihrem Vater. Hendrik willigte unter diesem besonderen Umstand ein. Aber sie durfte nicht weiter in der Werkstatt arbeiten ohne das geplante Täter-Opfer-Gespräch. So viel Entgegenkommen musste sein. Strauss war skeptisch, aber Hendrik ließ sich nicht von seiner Meinung abbringen.

Fisch saß in der Wanne und versuchte sich ein wenig von den aufreibenden Erlebnissen zu entspannen. Sie schäumte sich in aller Ruhe die Haare ein und tauchte sie dann unter Wasser, um sie auszuspülen. Sie merkte gar nicht, dass jemand ins Bad kam. Als sie wieder auftauchte, sah sie durch einen nassen Schleier hindurch jemanden auf dem Wannenrand sitzen. Sie rieb sich hektisch das Wasser und den Schaum aus den Augen. In Reutlitz musste man immer die Deckung wahren …

Dann erkannte sie Kalle, die sie frech angrinste. Fisch zuckte zusammen und gab vor Schreck einen Laut von sich. Sie richtete sich ruckartig auf, sodass das Wasser über die Kante schwappte.

„Überraschung!“, flötete Kalle. Sie stand auf und zündete sich gelassen eine Zigarette an. Fisch konnte nichts sagen. Sie zog ihre Beine vor die Brust und spürte trotz des warmen Wassers Kälte aufsteigen. Sie scannte Kalle kurz: *Hat sich nicht viel verändert*, dachte sie. *Ein bisschen blasser vielleicht. Die braunen Haare etwas länger, immer noch zusammengesteckt. Kurzes T-Shirt. Muskeln zeigen. Genau wie ich …*

„Was ist denn los, Fisch? Nervös?“ Kalle blies den Rauch in einer steilen Gerade in die Luft.

„Wieso?“ fragte Fisch bemüht arglos. Sie wusste, dass Kalle sauer war. Schließlich hatte Fisch gegen sie ausgesagt …

„Hättest du nicht gedacht, dass wir uns so schnell wiedersehen … Du hast gedacht, du bist mich los, hmh?“

„Nein. Kalle. Ich …“, stotterte Fisch.

Kalle unterbrach sie scharf: „Was?“

„Ich … ich wollte nichts sagen …“, kam es abgehackt aus ihr heraus.

„Ach, nein?“, argwöhnte Kalle und schnippte verächtlich ihre Kippe ins Badewasser. Fisch zuckte erschreckt zusammen. Zunehmend panisch sagte sie:

„Die Bullen haben mich unter Druck gesetzt … die haben mich Tag und Nacht belabert!“

Kalle hockte sich an das Kopfende der Wanne. Fisch spürte einen kalten Windzug im Nacken, der sie erschauern ließ. Sie war auf alles vorbereitet. Aber Kalle griff Fisch von hinten an die Schultern und massierte sie.

„Hey, du bist ja total verspannt“, sagte sie in einem gefährlich freundlichen Ton. Fisch ließ die Massage verunsichert über sich ergehen – sie traute dem Frieden nicht. Ihr Körper war angespannt und sie dachte besorgt: *Was hat sie vor*?

Kalle wurde sarkastisch: „Schon klar. Du hast natürlich null daran gedacht, deinen Arsch zu retten." Fisch schluckte ängstlich. Kalle hörte auf zu massieren. Gespielt großzügig sagte sie:

„Wir machen alle mal Fehler, Fisch. – Und ob ich jetzt vier oder sechs Jahre absitze ..." Fisch dachte geschockt, *sechs Jahre*? Sie schaute Kalle ungläubig an. In Kalles Lächeln sah Fisch, dass Kalle ihre Verunsicherung offensichtlich genoss.

„Wir sind doch Freunde. Und Freunde müssen zusammenhalten. Oder?" Fisch spürte die Schärfe in Kalles oberflächlich netten Ton und schwieg.

„Oder?" bohrte Kalle nach. Fisch nickte, doch sie fühlte sich in der Situation sichtlich unwohl.

„Ich hör nichts", sagte Kalle wie eine strenge Mutter zu ihrem Kind.

„Klar", hauchte Fisch gehorsam. Kalle hielt Fisch großzügig ihre Hand hin zum Abklatschen. Fisch überlegte einen Moment. Sie wollte sich nicht mehr mit Kalle verbünden. Aber im Moment war sie in der schwächeren Position und hatte keine andere Wahl. Kalle war verdammt stark. Bevor Fisch zu Ende denken konnte, wurde der Vorhang weggerissen und Schnoor stand plötzlich im Bad. Fisch und Kalle sahen sie überrascht an. Schnoor musterte Kalle, die mit erhobener Hand über Fisch lehnte. Es sah so aus, als wollte sie gerade zuschlagen. Schnoor interpretierte die Situation falsch. In der Dienstbesprechung hatten sie beschlossen, Fisch und Kalle auf verschiedene Stationen zu legen. Sie wussten von Fischs belastenden Aussagen gegen Kalle und fürchteten Unheil.

„Frau Fischer, sind Sie okay?"

Fisch nickte eilig. „Klar. Wieso?"

Schnoor sah misstrauisch zwischen ihr und Kalle hin und her, die die Hand senkte und ihren Blick cool erwiderte. *Lass dir nur nichts vor der Schnoor anmerken*, dachte Fisch taktierend. *Kalle macht mich sonst fertig. Scheiße, warum kommt Kalle ausgerechnet jetzt und dann auch noch auf meine Station?*

Kalle musste wie jeder andere Neuling auch zuerst einmal zum Direktor. Sie saß Kaugummi kauend vor Hendriks Schreibtisch und tat betont lässig.

„Kann es sein, dass Sie Ihren Laden nicht im Griff haben?", sagte sie arrogant.

„Bitte?" Hendrik guckte Kalle entgeistert an.

„Das war doch bestimmt 'n Irrtum, dass ihr mich auf die gleiche Station wie Fisch gesteckt habt." Kalle hatte ins Schwarze getroffen. Hendrik zögerte kurz, dann improvisierte er:

„Im Gegenteil. Das war Absicht. Ich wollte Ihnen eine Chance geben." Kalle verzog skeptisch den Mund. Hendrik hatte sich aber schon wieder gefangen. „Die haben Sie leider verspielt. Innerhalb von …" Er sah auf die Uhr. „… einer halben Stunde." Und fügte trocken hinzu: „Kompliment."

Kalle stieß verächtlich Luft aus.

„Und dabei haben Sie noch Glück gehabt. Wenn Frau Schnoor Sie nicht rechtzeitig gefunden hätte, wäre Frau Fischer jetzt wahrscheinlich auf der Krankenstation – und Sie in Bunkerhaft", sprach Hendrik weiter.

„Ich hab mich nur unterhalten", gab Kalle pampig zurück.

Hendrik erhob sich. „Kommen Sie, Frau Konnopke. Ich weiß doch genau, was zwischen Ihnen und Frau Fischer los ist."

Kalle starrte Hendrik wütend an.

„Aber wenn Sie glauben, dass Sie hier Ihre Privatfehde austragen können …"

„So 'n Quatsch! Fisch ist meine Freundin", unterbrach ihn Kalle.

„… dann haben Sie sich geschnitten. Sie kennen bislang nur Jugendhaftanstalten. Hier läuft das etwas anders."

Kalle kaute weiter ihren Kaugummi und versuchte, cool zu bleiben.

„Sie und Frau Fischer werden sich nur beim Essen und beim Hofgang sehen. Sollte dabei irgendetwas vorfallen … irgendetwas – dann unterhalten wir zwei uns das nächste Mal im Bunker. Ist das klar?"

Kalle machte eine Kaugummiblase und ließ sie provokativ zerplatzen. Hendrik kam näher an sie heran und sagte dann autoritär laut:

„Ich hab gefragt, ob das klar ist."

Kalle zögerte und nickte dann leicht. Hendrik lächelte zufrieden und sagte zum Abschluss:

„Gut. – Übrigens empfehle ich Ihnen die Gesprächsrunde von Dr. Strauss. – Das würde mir zeigen, dass Sie es ernst meinen."

Kalle holte sich im Speisesaal unwirsch ihr Essen ab und meckerte sofort Raffaella an, die ihr einen schäbigen Rest vom Kartoffelauflauf gegeben hatte. Kalle gehörte zu Fisch und Nancy, die keiner leiden konnte. Also verdiente sie auch keine bessere Behandlung. Das Trio Infernale war komplett. Das versprach nichts Gutes.

Als Kalle sich gerade an den Tisch setzen wollte, hörte sie Nancy freudig rufen: „Kalle!“ Nancy kam aus Richtung Eingang auf sie zugestürmt. Kalle stellte lächelnd ihr Tablett ab und umarmte ehrlich erfreut Nancy, die Tränen in den Augen hatte.

„Na, Bärchen …“ Kalle nannte ihre Kusine immer so. Und Nancy war stolz auf den Spitznamen. Das war so eine Marotte von ihr: Sie sammelte alles, was mit Bären zu tun hatte.

„Ich hab von dir geträumt!“, sagte Nancy aufgeregt. Kalle lächelte und schnippte gleichzeitig die Petersilie auf ihrem Auflauf mit einem Finger weg.

„Schmeckt's nicht?“, fragte Nancy.

Kalle machte eine Kopfbewegung Richtung Tresen. „Wie heißt die Kanaken-Schlampe?“

„Wer?“

„Na, die da … hinterm Tresen.“ Kalle war ungeduldig.

„Die? Äh … Raffaella.“

Kalle nickte. Nancy nahm die Teller und wollte sie mütterlich besorgt austauschen. „Willst du meins? Du kannst meins haben“, fragte Nancy.

Kalle schüttelte den Kopf. „Schon okay … Und? Wie geht's dir?“

„Gut“, sagte Nancy nicht sehr überzeugend. Kalle musterte sie prüfend und Nancy senkte den Blick.

„Na ja. Zuerst war's schlimm … weil du nicht da warst. Aber zum Glück gibt's ja dieses Gesprächsdingsbums von Dr. Strauss.“

„Du gehst da hin?“, fragte Kalle abfällig.

„Klar. – Fisch auch.“

Kalle schaute einen Moment nachdenklich und sagte dann misstrauisch: „Fisch sollte doch auf dich aufpassen."

„Hat sie ja. Bis ich in 'ne andere Zelle gekommen bin. Zu Simone."

„Andere Zelle? Wieso? Wer ist Simone?", fragte Kalle alarmiert.

„Das ... das wollte ich selber. Ich ...", stotterte Nancy. Sie traute sich nicht, Kalle von ihrer neuen Freundin zu erzählen. Sie dachte, dass sie dann bestimmt eifersüchtig wäre. Nancys Blick fiel auf Fisch, die sich gerade ihr Essen geholt hatte.

„Fisch!", rief Nancy erleichtert. Als Fisch die beiden zusammensitzen sah, dachte sie: *Mist, jetzt muss ich mich dazusetzen* ... Sie hatte beinahe schon keinen Hunger mehr. Nancy winkte sie eifrig heran. Fischs Schritt wurde automatisch langsamer. Kalle rutschte demonstrativ zur Seite, um Fisch Platz zu machen. Sie setzte sich widerwillig, aber Nancy strahlte.

„Fisch, Kalle ist wieder da."

Fisch antwortete höhnisch:„Echt? – War mir noch gar nicht aufgefallen ..." Sie fing an, lustlos in ihrem Essen zu stochern.

„Jetzt wird alles wieder so wie früher. Oder?", fragte Nancy und strahlte wie ein Honigkuchenpferd. Fisch guckte Kalle unsicher an. Sie wusste noch nicht so richtig, wie Kalle ihr gesonnen war und was sie vorhatte. Für den Moment guckte die Fisch erst mal überlegen an.

„Oder?", bohrte Nancy.

„Klar. Alles wird wie früher", sagte Kalle großmütig. Fisch atmete unmerklich durch. Dann hatte sie vielleicht keine Attacken von Kalle zu befürchten ...

Kalle ging mit zur Therapiestunde. Sie wollte sich mal anschauen, wo ihre zwei Schäfchen sich in ihrer Abwesenheit so herumgetrieben hatten.

Nancy erzählte aufgeregt: „… und dann war Kalle plötzlich da! Mitten im Speisesaal! Wie in meinem Traum!" Kalle lächelte Nancy zu. Fisch war unbehaglich zu Mute. Sie beobachtete Kalle und versuchte in ihrem Gesicht und in ihren Gesten irgendetwas zu lesen.

Ihre Blicke begegneten sich und Fisch wurde für einen Moment ganz heiß. Kalle musterte sie mit kaum wahrnehmbarem, überlegenem Lächeln. Fisch sah ertappt irgendwo in die Runde. Sie spürte ein leichtes Kribbeln im Körper und rutschte unruhig auf ihrem Stuhl umher. Nancy sprach offen weiter.

„Natürlich hab ich auch Simone … und Fisch. Aber so ist es doch was anderes – wie früher."

„Genau. Vielleicht könnt ihr auch wieder einen vor die S-Bahn schubsen", sagte Melanie herausfordernd.

„Hey!" Das war Kalles erstes Wort in dieser Runde. Alle guckten sie an. Sehr ruhig und mit lässiger Pose sagte sie zu Melanie:

„Siehst du einfach nur blöd aus oder bist du auch blöd?"

„Was willst du denn?" verteidigte sich Mel verächtlich. „Kalle – was ist das überhaupt für'n Name?"

„Sie heißt Kathleen", übersetzte Nancy emsig.

„Ooh, Kathleen. Kathleen und Nancy. So beknackte Namen können sich auch nur Ossis ausdenken." Melanie lachte in die Runde hinein. Simone konnte sich ein Schmunzeln nicht verkneifen. Nancy war empört.

„Was soll das? Das sind ganz normale …"

Kalle legte ihr beruhigend die Hand auf den Arm. „Ist gut, Bärchen."

Nancy verstummte und Melanie grinste. „Bärchen!? Zärtliche Kusinen, hmh?"

„Ich hatte Recht: Du *bist* so blöd", sagte Kalle abschätzig zu Melanie, die sich drohend aus dem Stuhl erhob.

„Frau Schmidt! Es reicht!", mahnte Strauss. Melanie starrte Kalle an, die gelassen blieb. Die beiden musterten sich. Fisch sah dem Schauspiel angespannt zu. Kalle hatte sich nicht verändert. Sie war immer noch so herrschsüchtig wie eh und je. Wer sich ihr widersetzte, hatte schlechte Karten. Sie würde jetzt einfach gar nichts sagen. Bloß keine Angriffsfläche bieten.

„Kann Nancy jetzt ausreden?", fragte Kalle mit scharfem Ton.

„Entschuldigung … Nancy." Mel betonte den Namen affektiert.

Strauss atmete durch und nickte Nancy zu, die das Ganze irritiert verfolgt hatte. Sie war sichtlich aus dem Konzept geraten.

„Frau Fischer, möchten Sie dazu etwas sagen?" Strauss lächelte sie an. Fisch rauschte das Blut schneller durch die Adern. Sie setzte sich aufrecht hin und warf Kalle einen flüchtigen Blick zu. Sie spürte Kalles Augen auf ihr ruhen. Fisch sah eingeschüchtert auf den Boden und sagte bemüht:

„Ich seh's genau wie Nancy. Ich mein … ich freu mich. Ich freu mich wirklich. Total." Ihre Worte klangen hohl in die Stille hinein. Fisch wusste weiter nichts zu sagen. Ihr Denken schien vor lauter Kontrolle eingefroren zu sein. Kalles Gesicht blieb unbeweglich.

„Vier Jahre sind gar nicht so lang“, unterbrach Nancy das Schweigen.

„Genau. Die gehen schnell rum und …“ ergänzte Fisch erleichtert und wurde von Kalle kalt unterbrochen.

„Sechs.“ Nancy sah Kalle irritiert an. Fisch biss sich auf die Lippen.

„Ich muss sechs Jahre absitzen, Nancy.“

„Sechs Jahre? Wieso?“ Nancy wurde ganz rot im Gesicht. Sie sah Hilfe suchend Fisch an, die schnell auf den Boden guckte.

Strauss sah Nancy schon in Gedanken ausrasten und unterbrach die Situation schnell.

„Danke, meine Damen, für heute war’s das.“

Die Frauen gingen zur Tür und wurden von zwei Beamten nach Stationen aufgeteilt. Strauss hielt Fisch zurück. „Einen Moment noch …“

Fisch blieb stehen. Kalle registrierte das und warf ihr vor dem Hinausgehen noch einen undefinierbaren Blick zu.

Strauss und Fisch saßen stumm voreinander. Fisch konnte Strauss nicht ins Gesicht gucken. Sie wusste, dass ihr Auftritt in der Gesprächsrunde mehr als peinlich war. Sie hatte sich Kalle unterworfen. Aber was blieb ihr auch anderes übrig? Sie war schuld an Kalles langer Haftstrafe. Und Kalle war einfach zu stark. Aber Strauss ging erst gar nicht darauf ein.

„Ich hab für Sie einen Besuchstermin gemacht – bei Ihrem

Vater", sagte er. Fischs Miene hellte sich kurz auf. Dann sagte sie ängstlich hinterher:

„Und wenn ... wenn er sich wieder aufregt?"

„Er freut sich, dass Sie kommen." Fisch atmete tief durch. Sie fühlte sich aufgewühlt, aber gleichzeitig tat ihr die Nachricht gut. Die Anspannung wich aus ihrem Körper und sie dachte für einen Augeblick überhaupt nicht an Kalle.

„Sie waren eingeschüchtert heute – wegen Kathleen?" Strauss holte Fisch jäh wieder auf den Boden zurück. Sie sah Strauss ertappt an.

„So 'n Quatsch!" schoss es aus ihr heraus.

„Das ist nicht schlimm", beruhigte sie Strauss verständnisvoll. Fisch starrte schon wieder auf den Boden.

„Schlimm wäre, wenn Sie wieder in Ihre alten Gewohnheiten zurückfallen. Der Weg, auf dem Sie drei waren, der hat direkt hierher geführt – ins Gefängnis. Der Weg, der hier rausführt, den müssen Sie allein schaffen. Ohne Kathleen, und ohne Nancy."

Strauss Worte klangen irgendwie überzeugend. Aber Fisch hatte keine Ahnung, wie sie das schaffen sollte. Kalle war jetzt ständig in ihrer Nähe und sie hatte noch eine Rechnung bei ihr offen ...

10.

Fisch flipperte auf der B. Nancy jammerte die ganze Zeit herum, dass Kalle nicht zu ihnen auf Station B dürfe. Fisch war das nur recht. Dann saß ihr Kalle wenigstens nicht immer im Nacken. Als Nancy mit dem Klagen nicht aufhörte, sagte Fisch barsch:

„Mach was du willst! Aber lass mich mit dem Scheiß in Ruhe." Sie ließ Nancy stehen, die ihr verwirrt und verletzt nachsah.

Als Fisch Richtung Zelle ging, tauchte hinter der Säule plötzlich Melanie auf.

„Kleiner Familienstreit?" Melanie hielt Fisch fest. „Ihr seid ja wieder ganz dicke, ihr drei."

„Was geht dich das an?", sagte Fisch rotzig.

„Diese Kalle plustert sich ganz schön auf. Und du hast Schiss vor ihr."

Fisch fühlte sich ertappt, versuchte das aber zu verbergen. „Sag mal, spinnst du? Ich hab überhaupt keinen Schiss!"

„Ist ja gut. Ich will bloß nicht, dass du den beiden was von unserem kleinen Geschäft erzählst. Reicht mir, dass du zehn Prozent kassierst", blaffte Melanie.

„Dafür mach ich ja auch den Verkauf. Ich hab das Risiko!", konterte Fisch bissig. „Das heißt: Wenn du endlich mal die erste Lieferung rüberwachsen lässt."

Kurze Zeit später wurde Fisch zu Hendrik Jansen gerufen. Sie saß vor seinem Schreibtisch. Strauss war auch da.

„Ich soll mit dem Typen reden?“, fragte sie entgeistert. Sie meinte Peter Berger.

„Sie sollen gar nichts. Sie können“, milderte Strauss Hendriks Befehlston ab.

„Wozu? Um mich anpöbeln zu lassen?“ Schon der Gedanken daran machte sie fix und fertig. Sie wusste auch nicht, wofür das gut sein sollte. Es war nun mal passiert und niemand konnte es rückgängig machen.

„Herr Berger hat das selbst vorgeschlagen. Er will Sie nicht beschimpfen, er will sich ... unterhalten.“

Fisch guckte Jansen verständnislos an. „Sie verarschen mich.“

„Frau Fischer. Der Mann sitzt seit Ihrer Tat im Rollstuhl. Der fragt sich seit Monaten, warum das passiert ist“, erklärte Jansen. Fisch sah beschämt zu Boden. Sie wusste, was geschehen war. Aber erstens fühlte sie sich nicht wirklich schuldig und zweitens wollte sie auch nicht darüber reden. Mit der Verdrängung konnte sie viel besser leben. Sie sah, dass Strauss sie besorgt musterte.

„Es könnte ihm helfen, wenn er Sie kennen lernt. Aber es könnte auch Ihnen helfen.“

„Mir?“, fragte Fisch mit großen Augen. Sie hatte keine Ahnung, was er meinte.

„Die Strafe hier in Reutlitz – die können Sie irgendwie absitzen. Aber Ihre Tat macht das nicht ungeschehen. Je eher Sie anfangen, sich damit auseinander zu setzen, desto besser.“

Fisch rutschte unbehaglich auf ihrem Stuhl herum. Sie guckte ratlos zu Strauss. „Ich kann das nicht. Ich kann den nicht treffen." Fisch bekam vor lauter Angst eine trockene Kehle. Sie hatte das seltsame Gefühl, dass das Gespräch unvermeidlich war. Auch wenn sie nicht wirklich dazu gezwungen wurde. Trotzdem fühlte sie sich überrumpelt und gefangen.

„Für die Gefängnisleitung wäre das ein Signal, dass Sie kooperieren", sagte Jansen.

„Was?" Fisch verstand nicht.

„Dass Sie bereit sind, sich gut zu führen. Wenn Sie dem Gespräch zustimmen – dann könnte mich das überzeugen, dass Sie so weit sind, auch in der Werkstatt wieder Verantwortung zu übernehmen."

Fisch schoss sofort die Plantage durch den Kopf und sie sah Jansen überrascht an. Im selben Ausblick stimmte sie zu, aber es war nicht das *Ja*, das Strauss hören wollte. Es kam nicht aus innerer Überzeugung. Das Einverständnis war nur Mittel zum Zweck.

Fisch saß auf dem Hof vor der Verwaltung und rauchte nachdenklich. Sie konnte sich überhaupt nicht vorstellen, vor diesem Mann zu sitzen. *Was soll ich dem denn sagen? Der beschimpft mich bestimmt und macht mir ein schlechtes Gewissen. Im Rollstuhl, ohne Arm und ohne Bein. Nee, das pack ich nicht ...*, dachte sie mit einem mulmigen Gefühl im Bauch. Sie sah Kalle kommen. *Nicht auch noch die jetzt ...* dachte sie genervt.

„Gibst du mal ...", fragte Kalle. Fisch zog widerwillig eine

Packung Tabak heraus und hielt sie Kalle hin. Kalle deutete auf Raffaella, die mit ein paar Insassinnen zusammenstand.

„Der Spaghettifresser hat was gegen dich, oder?"

„Hmh", nickte Fisch.

Kalle wartete einen Moment, dann sagte sie mit leichtem Spott: „Sagst du mir auch warum?"

„Ich hab ihr mal eine verpasst … hat dumm rumgelabert", antwortete Fisch knapp. Sie hatte keine Lust auf ein Gespräch mit Kalle. Und sie wollte sich nicht mit ihr verschwören. Kalle wirkte trotzdem beeindruckt.

„Und – was geht hier sonst so ab?"

„Was meinst du?" Fisch sah, dass Melanie ihr unauffällig Zeichen machte.

„Sag mal, muss ich dir alles aus der Nase ziehen? Hier läuft doch bestimmt alles Mögliche – Schmuggel, Dope …", bohrte Kalle. Fisch wich aus. Wäre ja noch schöner, wenn sich Kalle in ihre Geschäfte einmischen würde. Jetzt, wo sie in der Werkstatt bald wieder die Hanf-Plantage in Beschlag nehmen konnte.

„Ich hab noch nix mitgekriegt."

„Willst du mich verarschen?" Kalles Ton wurde ruppiger.

„Warum willst du das überhaupt wissen? Du hast doch nicht irgendwas vor, oder?", fragte Fisch misstrauisch. Einen Wimpernschlag später spürte Fisch Kalles Hand fest im Nacken.

„Was ich vorhabe, geht dich einen Scheiß an. Du sollst einfach nur tun was ich dir sage. Das ist doch nicht so schwer, oder?"

Daher weht der Wind, dachte Fisch besorgt. Kalle wollte Macht.

„Wer ist der Boss?“ kam dann zur Sicherheit noch von Kalle hinterher. Fisch konnte nicht anders, als sie abweisend anzusehen. Sie maßen sich mit Blicken. Dann warf Fisch ihre Zigarette weg und ließ Kalle stehen, die ihr wütend nachsah.

Fisch atmete tief durch und ging zu Melanie. Kalle hatte in ihrem Revier nichts zu suchen. Das wer-ist-der-Boss-Gehabe konnte sie sich sparen.

Kalle ging zu Nancy, die mit einem Ball in der Hand am Zaun lehnte. Sie beobachteten, wie Fisch mit Melanie lachte.

„Ich glaub, die mag uns nicht mehr“, sagte Nancy traurig.

„Da könntest du Recht haben.“ Kalle ließ ihren Blick nicht von Fisch.

„Aber wieso? Ich war immer nett zu ihr“. Nancy konnte es nicht begreifen. Kalle nutzte sofort die Gelegenheit, Nancy gegen Fisch auszuspielen. Als Strafe für Fischs fehlenden Gehorsam. Sie legte freundschaftlich den Arm um Nancys Schulter und schürte ein Feuerchen. Zuckersüß säuselte sie: „Bärchen, ich muss dir was erzählen.“ Sie schlenderte mit ihr ein paar Schritte und berichtete ihr vom großen und schäbigen Verrat: Fisch war schuld an den sechs Jahren Haft ... Nancy tobte. Wie konnte Fisch ihrer geliebten Kusine das nur antun?

Nach dem Hofgang ging Kalle zur nächsten Baustelle: ein psychologisches Pflichtgespräch bei Strauss. Kalle saß genauso gelangweilt vor Strauss wie vor Jansen. Sie nahm ihn hoch, erzählte lakonisch und ohne Gefühl:

„Mein Vater hat uns verlassen, da war ich vier. Ich hab sehr an ihm gehangen. Und meine Mutter fing an zu saufen." Kalle sah Strauss erwartungsvoll an. Sie wollte wissen, wie er auf ihr Pseudo-Geständnis reagierte.

„Und ...?" Strauss merkte noch nicht, dass Kalle mit ihm spielte.

„Immer wenn sie voll war, hat sie mich verdroschen. – Sie war eigentlich immer voll."

Strauss sah Kalle ernst an.

„Na ja, dann ist mein Stiefvater zu uns gezogen. Ab da haben sie zu zweit geprügelt. Entweder mich – oder sich gegenseitig – je nachdem."

Strauss sah Kalle geschockt an.

„Hab ich noch ein Trauma ausgelassen? – Nö, oder?", sagte Kalle gespielt nachdenklich. Sie zuckte die Achseln und grinste. „Sehen Sie Doktor, ich konnte gar nicht anders – ich musste ein böses Mädchen werden."

„Hören Sie auf hier Theater zu spielen, Frau Konnopke", erkannte Strauss endlich.

Aber Kalle grinste weiter frech und sagte: „Wieso? – Ist doch wenigstens unterhaltsam."

„Was ist Frau Fischer für Sie?", fragte Strauss.

„Eine Freundin", antwortete sie leicht überrumpelt.

„Was noch?"

Betont cool sagte Kalle: „Nichts weiter."

Strauss lächelte sie ungläubig herablassend an. Kalle fragte ihn mit unterdrückter Wut: „Was wollen Sie hören? Dass ich sauer bin? Weil sie mich verraten hat?"

„Hat sie das nicht?"

„Und wenn schon!“, raunte sie.

„Deshalb müssen Sie zwei Jahre länger sitzen. Das macht Ihnen gar nichts aus?“, bohrte Strauss weiter.

Kalle beherrschte sich nur mühsam. „Nein. – Na, bringt das jetzt Ihre Theorien durcheinander. Tut mir wirklich Leid, Doktorchen.“

Strauss musterte sie abschätzig. Kalle lächelte überlegen: „Wie gesagt: Fisch ist meine Freundin. Und Freundinnen müssen zusammenhalten.“

„Frau Fischer war immer jemand, der Ihnen das Gefühl gab, überlegen zu sein ... Macht zu haben. – Es ist das erste Mal, dass sie sich gegen Sie stellt.“ Strauss überblickte die Situation innerhalb der Gang ziemlich gut. Kalle blickte auf den Boden. Dann hob sie das Gesicht mit gespielter Verzweiflung.

„Sie haben Recht. Wie konnten Sie mich nur so schnell durchschauen?“, verspottete sie Strauss. Gespielt geknickt, säuselte sie: „Ich bin ein schlechter Mensch.“

Strauss überging es. „Frau Konnopke, ich warne Sie: Ich werde nicht zulassen, dass Frau Fischer wieder unter Ihren Einfluss gerät.“

„Und wie wollen Sie das verhindern?“, sagte sie scheinbar sicher, dass sich Fisch ihr wieder beugen würde. Kalle lächelte Strauss überlegen an. Strauss blieb souverän:

„Sie werden die nächsten sechs Jahre hier verbringen. Es liegt an Ihnen, was Sie daraus machen.“

„Sie drohen mir? Das ist aber nicht sehr einfühlsam. – Ich bin auch sensibel.“ Kalle machte sich weiter lustig über das Gespräch.

„Frau Fischer hat verstanden, dass sie eine Chance hat, wenn sie sich von Ihnen fern hält. Und sie wird ihre Chance nutzen, das weiß ich."

„Dann ist ja alles in Ordnung, oder?", sagte Kalle.

Fisch war zu dieser Zeit im Bad. Sie bückte sich gerade arglos, als sie ganz plötzlich einen harten Tritt in die Nieren spürte. Der Schmerz schoss ihr durch den ganzen Körper. Sie stöhnte auf und krümmte sich. Als sie einen weiteren Tritt in den Rücken bekam, brach sie geschwächt zusammen. Sie hatte gar keine Möglichkeit, sich zu wehren. Jemand traktierte sie ohne Unterlass mit brutalen Tritten, die ihr den Atem raubten. Sie versuchte sich notdürftig zu schützen und kauerte sich auf den kalten Fliesen zu einem Knäuel zusammen. Aber die Füße trafen sie überall. Fischs Blick fiel Richtung Tür, wo Raffaella wie angewurzelt die Szene mit einer Mischung aus Horror und Genugtuung beobachtete. Dann sah sie nach oben und erkannte, wer da mit wutverzerrtem Gesicht und Tränen in den Augen auf sie einprügelte: Nancy. Blind vor Zorn, dass Fisch Kalle verpfiffen hatte. Fisch senkte entsetzt und geschwächt den Blick und sah gerade noch, wie sich das Blut auf den weißen Fliesen verteilte, als sie ohnmächtig wurde. Sie spürte nicht mehr, dass Nancy immer noch auf sie eintrat. Melanie und Simone stürzten herein und sahen Fisch regungslos in einer Blutlache auf der Erde liegen. Melanie griff sich beherzt Nancy und riss sie von Fisch weg.

„Bist du irre?", schrie sie. Sie drückte Nancy, die völlig erschöpft war und sich kaum wehrte, gegen die Wand.

„Du mieses Stück Scheiße … erst auf klein und hilflos machen und dann …"

„Hör auf, Mel!", sagte Simone besorgt. „Wir brauchen sofort einen Arzt."

Melanie ließ Nancy los und ging Richtung Ausgang.

„Mel, warte … Du weißt nicht, wer's war, okay?" Sie wollte Nancy schützen. Melanie sah Simone perplex an. Melanie stieß nur ungläubig Luft aus, dann ging sie. Simone blickte zu Nancy, die zitternd da stand und es vermied, zur blutenden Fisch zu sehen. Das Blut aus Fischs Platzwunden war inzwischen zu einem Rinnsal geworden und floss, vermischt mit dem Duschwasser, in den Abfluss. Ein schauderhafter Anblick.

Fisch lag notdürftig verbunden auf einer fahrbaren Trage und wurde von zwei Beamten den Flur entlanggeschoben. Schnoor ging besorgt nebenher. Fisch war mittlerweile wieder bei Bewusstsein, hatte die Augen aber halb geschlossen.

„Ganz ruhig, Frau Fischer. Sie sind gleich auf der Krankenstation", sagte Schnoor. Fisch stöhnte. Sie konnte die Schmerzen gar nicht einordnen. Ihr Körper war eine einzige Wunde. Jede Bewegung war so, als würde sie jemand mit Messerstichen quälen. Sie schmeckte Blut und Übelkeit im Mund.

Die Beamten hielten an der Gitterschleuse. Jansen kam angelaufen. „Was ist passiert?"

„Frau Schmidt hat sie im Bad gefunden", informierte ihn Schnoor.

„Ist Frau Dr. Herzog schon informiert?", fragte Jansen sachlich. Schnoor nickte. Hendrik beugte sich zu Fisch, die ihn mit blutverkrusteten Augen ansah.

„Wer war das?", fragte er Fisch.

Fisch hob ihre Hand, als ob sie etwas sagen wollte. „Ich …" Mit letzter Kraft nuschelte Fisch durch ihre geschwollenen Lippen: „… bin ausgerutscht … auf den Fliesen."

Hendrik warf Schnoor einen viel sagenden Blick zu. Sie verzog skeptisch das Gesicht, während Fisch von den Beamten durch die Schleuse gerollt wurde.

Simone stieß Nancy in die Zelle und schloss hinter sich die Tür. Nancy setzte sich aufs Bett und griff nach ihrem Eisbären-Schal. Simone atmete tief durch.

„Was hast du dir dabei gedacht?"

Nancy wagte nicht, sie anzugucken.

„Nancy!", sagte Simone strenger. Nancy entfernte scheinbar konzentriert Fusseln von dem Schal.

„Hat Fisch dir was getan? Habt ihr euch gestritten?"

Nancy antwortet nicht.

„Jetzt rede mit mir! Und lass endlich dieses Scheißding in Ruhe." Simone riss Nancy den Schal aus der Hand und warf ihn in die Ecke. Nancy starrte Simone aufgewühlt an. Ihre Unterlippe zitterte und dann begann sie zu weinen. Simone tat ihr harscher Ton schon wieder Leid. Sie setzte sich neben Nancy und hatte den Impuls ihr den Arm um die Schulter zu legen. Doch sie zögerte. Denn plötzlich sah sie Nancy doch mit anderen Augen. Nancy ließ ihren Kopf auf Simones Schulter plumpsen. Einen Moment saßen sie so da. Dann sagte Nancy:

„Fisch ist schuld. Sie hat Kalle verraten."

Simone verstand nicht.

„Sie hat den Bullen was erzählt. Kalle hat Überfälle gemacht. Bei so Tankstellen. Ohne uns. Und jetzt muss sie zwei Jahre länger hier bleiben als wir …" Nancy begann wieder zu weinen. „Dann sind wir total lange getrennt …", schluchzte sie.

Simone kam ein Verdacht: „Hat Kalle dir gesagt, du sollst Fisch fertig machen?"

Nancy schüttelte den Kopf.

„Du bist einfach hingegangen und hast … zugeschlagen?", fragte Simone ungläubig.

Nancy nickte und sagte dann trotzig: „Sie hat es verdient. Sie hat uns verraten."

Simone atmete tief durch. Sie konnte es immer noch nicht ganz fassen. Die kindlich naive Nancy konnte ein brutales Monster sein.

11.

Niemand glaubte daran, dass Fisch ausgerutscht war. Sie hatte Prellungen am ganzen Körper und zwei Rippen angebrochen. Strauss, Hendrik und Schnoor waren sich ziemlich sicher, dass Kalle dahinter steckte. Es war nicht nur, dass Fisch Kalle bei der Polizei verpfiffen hatte. Es ging auch darum, Macht zu demonstrieren. Strauss wollte Fisch unbedingt von Kalle fern halten. Er hielt es deshalb für die beste Idee, Fisch in eine andere JVA zu verlegen. Aber Hendrik wehrte entschieden ab. Strauss sollte sich um Fisch kümmern und langsam aber sicher das Täter-Opfer-Gespräch vorantreiben.

Ein Beamter brachte Fisch wieder auf die Station zurück. Sie hatte ein blaues Auge, eine aufgesprungene Lippe und war mit diversen Pflastern übersät. Die krumme Haltung, in der sie sich vorwärts bewegen musste, empfand sie als demütigend, aber sie konnte kaum gerade stehen oder gehen. Jeder Schritt, den sie machte, zog einen langen stechenden Schmerz nach sich. Sie konnte ihn gar nicht genau ausfindig machen, weil er pfeilschnell durch den ganzen Körper fuhr.

Nancy, die mit Simone gemeinsam da stand, musterte Fisch mit einer Mischung aus Bedauern und Verachtung. *Bloß nicht zeigen, dass du Schmerzen hast*, dachte Fisch kämpferisch.

„Sorry, aber ... du siehst ziemlich scheiße aus", sagte Melanie zu Fisch. Die zuckte betont gleichgültig mit den Achseln.

„Wieso haben die dich überhaupt schon wieder aus der Krankenstation rausgelassen?"

„Hab keinen Bock, da zu verschimmeln", antwortete Fisch grimmig. Sie wollte einfach nur in ihre Zelle.

„Moment. Hast du mir nicht noch was zu sagen?", hielt sie Melanie auf.

„Wir sind Partner, schon vergessen? Ich hab's mir zwar nicht ausgesucht, aber so ist es nun mal."

„Und?" Fisch stellte auf stur.

„Und?! Ich will wissen, was dahinter steckt", drängte Melanie. Fisch sah Melanie unentschlossen an. Dann sagte sie ausweichend:

„Eine alte Geschichte."

„Kalle?", fragte Mel neugierig. Fisch nickte.

„Die denkt also, sie kann einfach diese ... diese Gehirnamputierte losschicken und dir eine verpassen, hmh?" Melanie war empört und sagte entschlossen:

„Weißt du was? Es wird Zeit, dass ich der mal 'ne klare Ansage mache. Und ihrer schwachsinnigen Kusine gleich mit!" Fisch war erschrocken und beeilte sich zu sagen:

„Nein! Ich regle das selbst, okay?" Sie wollte sich auf keinen Fall helfen lassen, das würde alles nur noch schlimmer machen. Melanie sah Fisch skeptisch an.

„Ich regle das!", sagte Fisch aggressiv und ging in Richtung Zelle.

Niemand außer Mel und Simone erfuhren etwas über den

Hintergrund der Attacke. Simone hoffte nur, dass Nancy wegen des Tunnels die Klappe halten würde. Kalle sollte nichts davon erfahren. Und weil Nancy unbedingt Simones Freundin bleiben wollte, konnte sie das Geheimnis gut für sich behalten.

Als Nancy wegen der Sache mit Fisch zu Jansen beordert wurde, schwieg sie sich ebenso aus. Sie guckte einfach auf den Boden, zuckte mit den Schultern und presste die Lippen aufeinander. So hatte es ihr Kalle beigebracht. Strauss gab sich mit dem Ergebnis noch nicht zufrieden. Er sprach Fisch auf dem Flur an der Gitterschleuse an und fragte sie erneut nach der Ursache ihrer Blessuren. Fisch blieb hartnäckig.

„Ich bin ausgerutscht."

„Frau Fischer, ich kann Sie vor Kathleen Konnopke beschützen. Aber Sie müssen mir dabei helfen."

Fisch sah ihn unsicher an. Dann senkte sie den Blick wieder. Strauss konnte ihr ja doch nicht helfen. Nur Fisch kannte Kalles Verschlagenheit und außerdem war sie eindeutig in Kalles Schuld …

„Es war Nancy, nicht wahr? Im Auftrag von Kathleen Konnopke", fragte Strauss mit sanfter Stimme. Fisch schwieg. Sie rang mit sich. Dann sagte sie bemüht fest:

„Ich bin ausgerutscht."

„Wollen Sie denn ewig so weitermachen? Glauben Sie, Frau Konnopke wird Sie in Zukunft in Ruhe lassen?" Strauss' Stimme wurde nachdrücklicher. Fisch schwieg gequält. *Durchhalten*, dachte sie angestrengt. *Du musst jetzt durchhalten, sonst blüht dir bei Kalle noch Schlimmeres.* Sie wich Strauss' ernstem

Blick aus. Er musste erkennen, dass sich Fisch nicht helfen lassen wollte. Kalles Einfluss hatte schon gewirkt. Er seufzte und sagte:

„Wir müssen uns beeilen – im Krankenhaus nehmen sie es mit den Besuchszeiten sehr genau."

Fisch räusperte sich. Kleinlaut murmelte sie:

„Können wir das vielleicht verschieben?"

Strauss traute seinen Ohren nicht. „Wie bitte?"

„Ich glaub, ich bleib lieber hier", sagte Fisch kaum vernehmbar. Sie konnte jetzt nicht zu ihrem Vater. Mit Kalle war alles anders geworden. Sie übte einen wahnsinnigen Druck aus, dem Fisch sich nicht entziehen konnte. Sie hatte versucht, sich zu wehren und hatte dann am eigenen Leib spüren müssen, wie es war, sich zu widersetzen. Sie war in Kalles Klauen und das war nun mal nicht vereinbar mit den Wünschen ihres Vaters. Sie hatte ihm versprochen, sich zu bessern, aber es sah ganz so aus, als würde sie das Versprechen nur schwer einlösen können ...

Strauss schaute Fisch mit großen Augen an: „Und was ist mit Ihrem Vater? Er wartet auf Sie. Er wäre sicher sehr enttäuscht."

Fisch fühlte einen kleinen Stich in der Magengegend. Sie schluckte und sagte schuldbewusst: „Ich weiß. Aber ich will nicht, dass er mich so sieht." Sie deutete auf ihre Wunden im Gesicht. „Der denkt bestimmt, ich hab mich gekloppt oder so. Dann regt er sich bloß wieder auf!", platzte es etwas zu übereifrig aus ihr heraus.

Strauss atmete tief durch und musterte sie skeptisch. Dann

lenkte er ein. „Vielleicht ist das wirklich kein gutes Timing. Dann warten wir, bis alles verheilt ist, okay? – Ich regle das mit Ihrem Vater."

Fisch nickte erleichtert.

„Und das Gespräch mit Herrn Berger? Wollen Sie das auch nicht mehr führen?"

„Doch!", sagte Fisch fest. Sie dachte an die Hanf-Plantage.

„Sind Sie sicher?" Fisch nickte betont entschlossen.

Im Speisesaal setzte sich Kalle mit ihrem vollen Tablett zu Fisch und Nancy.

„Mahlzeit", sagte Kalle. Fisch antwortete nicht, sondern sah nur missmutig zu Nancy hinüber, die ihrem Blick auswich.

„Ich glaube, Fisch hat mir was zu sagen", sagte Kalle zu Nancy. Die blickte Fisch unsicher an. Kalle wiederholte ungeduldig: „Nancy!"

Jetzt erst verstand die den versteckten Befehl, nahm ihr leeres Tablett und ging. Kalle musterte Fischs Verletzungen.

„Sieht ja böse aus."

Fisch atmete tief durch und sagte schließlich tonlos: „Du hast gewonnen."

„Gewonnen?", hakte Kalle nach.

„Du bist der Boss", hörte sich Fisch ohne Zögern sagen. Kalle tat überrascht:

„Ach, auf einmal?"

Fisch begann ohne Appetit zu essen. Sie fühlte sich wie unter einer Vakuumglocke. Die Worte, die sie wechselten, klangen dumpf und unwirklich.

„Tja, das sagt sich natürlich ziemlich leicht", stichelte Kalle.

Fisch ließ die Gabel sinken. „Was willst du denn noch?" Jetzt ging sie schon vor Kalle auf die Knie und dann war es immer noch nicht genug.

„Pass mal auf. Erst verrätst du mich an die Bullen. Einfach so. Dann versuchst du, mir hier im Knast aus dem Weg zu gehen. Und jetzt heißt es auf einmal ‚du bist der Boss', und alles soll wieder okay sein?" Fisch war verdutzt über Kalles Wut. Damit hatte sie nach ihrer Kapitulation nicht gerechnet. Zum ersten Mal breitete Kalle ihren Frust offen aus. Das machte Fisch unsicher. Sie stocherte nervös auf ihrem Teller rum. Aber Kalle schlug zum Glück einen milderen Ton an:

„Wir waren mal 'n Superteam, wir drei. Da ist ganz schön was kaputtgegangen ... Vertrauen, verstehst du?"

Fisch sah Kalle gedrückt an. Das hörte sich versöhnlich an, aber sie hatte trotzdem ein ungutes Gefühl.

„Ich will dir ja glauben, Püppchen. Und Nancy bestimmt auch. Aber da gehört 'n bisschen mehr zu als schöne Worte." Kalle stand auf und ging grußlos. Ihre Worte hallten noch lange in Fischs Ohr nach. Die Gedanken sprangen wild durch ihren Kopf: *Jetzt wird alles wieder so wie früher, nur eingesperrt im Knast. Ich hab doch sonst niemanden, der mir helfen könnte ... Strauss sitzt nicht mit mir in der Zelle, da muss ich schon ganz alleine hin. Ich komme nicht an Kalle vorbei, verdammt. Nicht in diesem elendigen Knast.*

Innerlich lehnte sie sich auf. Aber sie wusste, dass sie keine andere Wahl hatte als mitzumachen, sonst würde es ihr noch schlechter gehen. Die Gabel in ihrer Hand zitterte. Ihr war der Appetit endgültig vergangen.

Nach dem Essen ging Fisch betrübt in die Zelle. Sie stand rauchend am Fenster und grübelte, wie so oft in letzter Zeit. Sie dachte an ihren Vater und wie es mit Kalle weitergehen würde. Das alles machte ihr ganz schöne Bauchschmerzen.

„Der Termin für das Täter-Opfer-Gespräch ist für heute Abend angesetzt", hörte sie Schnoor sagen. Fisch hatte sie gar nicht reinkommen hören und antwortete nicht.

„Sie können dann morgen wieder in der Werkstatt arbeiten", ergänzte Schnoor. Da war das Fass für Fisch endgültig voll. Sie fuhr herum und motzte Schnoor an: „Ey, was wollt ihr eigentlich alle von mir?"

Schnoor sah sie überrascht an.

„Könnt ihr mich nicht einfach mal in Ruhe lassen?!"

Schnoor runzelte die Stirn. Sie konnte ja nicht wissen, was sonst noch los war. Fisch trat wütend gegen das Bett. Es war einfach alles zu viel für sie.

Beim Abendessen im Speisesaal stierte Fisch vor sich hin, ohne das Essen anzurühren. Kalle griff sich ohne zu fragen den Apfel von Fischs Teller und biss genüsslich hinein.

„Ich fang an, mich richtig wohl zu fühlen hier!", sagte sie siegessicher. Fisch nahm ihr Tablett und stand auf.

„Wohin willst du?", herrschte Kalle sie an. Fisch wurde schon wieder mulmig.

„Zu diesem … Termin", sagte sie ausweichend.

Kalle wurde misstrauisch. „Moment mal. Was für'n Termin?"

Fisch wand sich. „Setz dich doch", forderte Kalle Fisch gespielt höflich auf. Fisch setzte sich widerwillig.

„Also?"

„Täter-Opfer-Dings", antwortete Fisch leise und unterwürfig.

„Dieser Typ ... dieser Berger will mit dir reden?" Kalle konnte es kaum glauben. Auch Nancy kapierte jetzt, worum es ging.

„Der Berger?" Sie war ganz aufgeregt. „Das ist doch ... das ist doch ..."

„Ja, Nancy. Der Krüppel," half Kalle ihr auf die Sprünge. Nancy schluckte.

„Was hast du mit dem zu reden?", fragte Kalle misstrauisch.

„Strauss sagt ..." Weiter kam Fisch nicht. Ihre Stimme hatte kein Volumen, sie klang hohl und brüchig. Sie fühlte sich schwach und fremdgesteuert. Alles, was sie sagen wollte, würde bei Kalle sowieso nur Missmut auslösen. Und so war es dann auch:

„Strauss? – Weißt du, was der will, dein Strauss? Der will dich weich kochen. Dir 'n schlechtes Gewissen machen. Der will, dass du vor dem Krüppel da rumkriechst und dich entschuldigst."

„Stör ich?" Strauss war an den Tisch getreten. Er ahnte nichts Gutes, als er Kalle eindringlich auf die apathisch wirkende Fisch einreden sah.

„Sie machen Frau Fischer ein bisschen Mut?", sagte er trocken.

„Ich mach ihr klar, was Sie vorhaben", sagte sie mit verschränkten Armen.

„Und das wäre?"

„*Wir* sind deine Freunde, Fisch. – Du weißt doch, wo du hingehörst." Nancy guckte leicht überfordert. Sie wusste nicht so genau, worum es gerade ging.

„Stimmt's, Fisch?" Fisch fühlte sich wieder in die Enge gedrängt. Auf der einen Seite war Strauss, der ihr die letzte Zeit ganz schön geholfen hatte, auf der anderen Seite war Kalle … Fisch fühlte sich leblos und war unfähig zu reagieren. Strauss erledigte das zunächst für sie.

„Geben Sie sich keine Mühe. Frau Fischer lässt sich von Ihnen nicht mehr einschüchtern", sagte Strauss gelassen.

„Kommen Sie", forderte er Fisch auf. Fisch sah unsicher zu Kalle, die sie drohend musterte. Eingeschüchtert guckte Fisch auf den Tisch. Sie fühlte die Anspannung in ihrem Körper. Die Situation wurde immer unerträglicher.

„Frau Fischer, wir haben eine Abmachung." Strauss' Ton wurde dringlicher und Fisch damit immer nervöser. Nach außen hin ließ sie sich nichts anmerken, sie war fast zu einer Salzsäure erstarrt. Am liebsten wäre sie ohnmächtig geworden. Sie starrte weiter auf den Tisch. Ihre feuchten Hände umklammerten die Sitzfläche ihres Stuhls. Fischs Schweigen ließ Kalle lächeln. Sie zupfte sich affektiert ihr schwarzes, breites Haarband zurecht.

„Ich glaube, sie will nicht, Doktor."

„Das möchte ich von ihr selbst hören", entgegnete Strauss. Zu Fisch gerichtet:

„Also?"

„Sie haben doch gehört, was Kalle gesagt hat. Ich will nicht."

Strauss sah sie ungläubig an. Fisch bemerkte das und schrie ihn an:

„Ich will nicht, verdammt noch mal!" Das galt nicht unbedingt ihm, aber irgendwo musste Fisch ihre Wut und Ohnmacht loswerden. Sie spürte von Kalle eine stärkere Macht ausgehen als von Strauss. Die Würfel waren gefallen.

„Und jetzt hauen Sie endlich ab!", zischte sie noch hinterher. Strauss schaute sie enttäuscht an. Er hatte Fisch verloren. Sie stand wieder ganz unter dem negativen Einfluss von Kalle.

Peter Berger saß ungläubig und betrübt in seinem Rollstuhl, als Jansen und Strauss ihm die Nachricht verkündeten. Er war den Weg umsonst gekommen. Jansen war sauer. Er hatte sich auf Strauss verlassen. Aber Strauss hatte alles versucht. Gegen Kalle kam auch er nicht an.

Fisch war endgültig weich gekocht. Sie erzählte Kalle von dem Dope-Handel mit Melanie. Früher oder später würde sie es sowieso herausbekommen. Alles, was sie von jetzt an tat, war nicht mehr nur Fischs Sache allein.

In der Rauchpause stand Fisch bei Melanie und zeigte ihr unauffällig, wie viele Telefonkarten sie schon bekommen hatte.

„Die reißen mir den Stoff aus der Hand", sagte Fisch nicht ohne Freude. Melanie nickte zufrieden.

„Und? Was macht das Geschäft?", fragte Kalle neugierig. Melanie guckte kritisch.

„Ist irgendwas?" Melanie starrte erst Kalle an, dann sah sie zu Fisch, die ihrem Blick auswich.

„Hab gehört, dass du 'n gutes Händchen hast – was Pflanzen angeht. Das können wir gut gebrauchen“, sagte Kalle viel sagend.

„Wir?“, fragte Melanie ungläubig.

„Ich übernehm gerade deinen Dope-Handel. Aber keine Sorge, du kriegst 'ne Beteiligung.“ Kalle gab sich betont großzügig.

„Dir haben sie wohl ins Gehirn geschissen?! Das ist *mein* Stoff, verstehst du? *Meiner*!“ Melanie war sauer.

„Reg dich wieder ab. Zehn Prozent der Kohle kannst du behalten. Stimmt's, Fisch?“ Fisch nickte etwas betreten. Es war ihr peinlich, aber jetzt hatte eben Kalle das Sagen. Melanie stürzte sich auf Kalle und packte sie am Kragen.

„Ich zeig dir, wer hier was behält ...“ Fisch riss die beiden auseinander. Melanie funkelte Kalle wütend an.

„Vorsicht. Sonst sind wir gleich bei fünf Prozent“, herrschte Kalle Melanie an.

Aber Mel war gewohnt kampfeslustig. „Dir reiß ich so den Arsch auf – lieber mach ich meine Pflanzen platt, als dir ...“

„Jetzt halt mal die Luft an!“, schrie Kalle und sagte genießerisch hinterher: „Oder möchtest du, dass die Schlusen was über deinen kleinen Fummelpartner aus der Küche mitkriegen?“ Melanie hielt die Luft an. Kalle meinte Mike, den Lebensmittellieferanten. Sie hatten etwas miteinander. Fisch hatte das zufällig mitbekommen und Kalle brühwarm davon erzählt. Das benutzte sie jetzt als Druckmittel.

„Du kannst mir überhaupt nichts nachweisen“, zischte Melanie.

„Aber deinem Lover. – Zum Beispiel, dass er hier unter falschem Namen arbeitet ...“

Er nannte sich David, hieß aber eigentlich Mike. Mike Michalke, der Bruder von Knacki Lizzy, war bereits wegen eines Drogendelikts vorbestraft und noch auf Bewährung. Deshalb der falsche Name. Melanie war für einen Moment sprachlos. Sie holte unwillkürlich erneut zum Schlag gegen Kalle aus.

„Eine falsche Bewegung von dir und dein Süßer geht hops.“

Melanie blieb die Spucke weg über diese dreiste Bemerkung. Fisch hatte ihr wohlweislich den Rücken zugedreht. Das war ein eindeutiges Zeichen gegen Mel. Die Gang war wieder vereint.

12.

Fisch ging weiter zu Strauss in die Therapiestunde. Aber mit Kalle in der Runde war es nicht mehr dasselbe. Kalle wollte allen zeigen, was sie drauf hatte. Die reinste Provokation.

Als Simone von sich erzählte, gähnte Kalle betont laut. Fisch beobachtete das Spiel ohne etwas zu sagen. Sie wusste, dass jede Minute etwas passieren konnte. Sie spürte Strauss' Anspannung, als er zu Kalle sagte:

„Frau Konnopke, niemand zwingt Sie mitzumachen. Ich frage mich sowieso, was Sie hier noch wollen." *Jetzt ist Kalles Stunde gekommen*, dachte Fisch nicht ohne Unbehagen. Kalle richtete sich auf und sah Strauss herausfordernd in die Augen.

„Reden. Zum Beispiel über ... Schuld."

Strauss erhob sich genervt. „Na gut. Dann lassen Sie mal hören!"

Kalle setzte eine betroffene Miene auf. Jeder im Raum sah die Unehrlichkeit darin.

„Wisst ihr, wegen dieser Sache da ... na ja, die S-Bahn-Geschichte. Ich hab so 'n wahnsinnig schlechtes Gewissen. Ich mein, der Typ kann nicht mehr laufen, oder?" Sie ließ sich auf den Boden fallen und bewegte sich im Sitzen rückwärts, indem sie sich nur mit einem Arm abstieß. Den anderen hielt sie angewinkelt und zog dabei ein Bein nach. Nancy lachte auf. Fisch wusste nicht, wie sie reagieren sollte. Sie fühlte sich immer noch zwischen den Stühlen sitzend. Sie hörte Strauss laut sagen:

„Stehen Sie sofort auf!“

Aber Kalle setzte noch einen drauf. „Bitte helfen Sie mir. Mein Rollstuhl ist weg“, sagte sie gespielt jammernd. Nancy gackerte in ihrer naiven Art. Strauss bat Kalle mit ruhiger Stimme zu gehen. Fisch verharrte angespannt auf ihrem Stuhl.

„Aber wie soll ich denn dann mit meiner Schuld fertig werden?“ Kalle machte große, flehende Kulleraugen. Fisch war gleichermaßen abgestoßen und fasziniert von der Show, die Kalle da abzog.

„Ab sofort sind Sie von den Sitzungen ausgeschlossen“, sagte Strauss kalt.

„Die Therapie ist für jeden offen. Hat Jansen gesagt“, setzte Kalle entgegen. Fisch hörte angespannt zu und Nancy war das Gackern mittlerweile vergangen.

„Jede Insassin kann teilnehmen. Solange sie nicht mutwillig den Ablauf der Therapie stört. Und jetzt gehen Sie!“ Strauss Stimme duldete keinen Widerstand. Kalle erhob sich sauer. Fisch blickte in Kalles auffordernden Augen und ihr schwante etwas.

„Was ist? Kommt ihr?“, sagte Kalle fest zu Fisch und Nancy. Fisch rückte unruhig auf ihrem Stuhl umher, um etwas Zeit zu gewinnen. Ihre Augen gingen immer zwischen Strauss und Kalle hin und her. Strauss hatte diesen sanften und dennoch fordernden Blick. Kalles Blick hingegen war durchdringend, fast gebieterisch. Fisch stand ohne weiter nachzudenken abrupt auf, Nancy folgte ihr und Kalle grinste zufrieden.

„Sie wissen doch: Die Teilnahme an der Therapie ist freiwillig“, sagte sie triumphierend zu Strauss. Sie hatte es endgültig geschafft, Fisch auf ihre Seite zu ziehen.

Auf dem Gefängnishof verkaufte Fisch das Hasch an ein paar Frauen. Das Geschäft lief sehr gut. Fisch war zufrieden. Sie ging zu Kalle und Nancy und sagte mit froher Stimme:

„Wenn das so weitergeht, ist die erste Ladung bald weg.“

„Sehr gut, Fisch“, sagte Kalle lobend wie eine Mutter. Fisch ging das Kompliment runter wie Öl. Trotzdem war ihr die neue Situation mit Kalle immer noch nicht ganz geheuer. Sie steckte sich eine Zigarette in den Mund. Nancy gab ihr hilfsbereit Feuer.

„Ab jetzt helf ich dir beim Verkauf. Du kontrollierst die Plantage. Vor allem musst du aufpassen, dass Mel nicht irgendwas für sich abzweigt und auf eigene Faust vertickt,“ erklärte Kalle. Fisch nickte gehorsam.

„Warum müssen wir Mel überhaupt noch was abgegeben?“, fragte Nancy.

Kalle sah sie mild an und sagte geduldig: „So ist sie von uns abhängig, Bärchen. Wenn wir ihr alles wegnehmen würden, könnte sie uns hochgehen lassen.“

„Oh“, tönte Nancy.

„Aber das bisschen Dope ist erst der Anfang. Bald haben wir den ganzen Laden unter Kontrolle.“ Kalle machte eine künstliche Pause. Sie sah Fisch an und ergänzte: „Vorausgesetzt natürlich, ihr zieht mit.“

Fisch nickte zustimmend und schaffte es nicht, Kalle dabei in die Augen zu sehen. Nancy war euphorischer: „Na logo, Kalle."

„Wer ist der Boss?", kam es wie ein Schlachtruf aus Kalle heraus.

„Du", echoten Fisch und Nancy aus einem Munde und klangen dabei wie Jünger, die ihren Anführer priesen. Die drei klatschten sich ab. Fisch spürte plötzlich, wie eine kurze warme Welle von Geborgenheit durch ihren Körper stieg. Vielleicht war alles doch gar nicht so schlecht wie sie dachte. Sie musste schließlich überleben im Knast und das war einfacher mit einer starken Truppe.

„Die werden sich noch umgucken hier", sagte Kalle grinsend. Fisch blickte ihr in die Augen und atmete tief durch.

Kalle wartete nicht lange mit ihrer Drohung, doch der erste Anlauf im Drogengeschäft brachte ihr nichts weiter als Prügel ein. Nancy, die ihr eigentlich im Fitnessraum beim Schulden eintreiben helfen sollte, tauchte nicht auf. Simone war gerade dabei, Nancy eine schöne Frisur zu stecken, als Kalle von Gerda und Konsorten in die Mangel genommen wurde. Es war ein einziges Gerangel um Macht. Kalle wusste, dass sie nur siegen konnte, wenn Fisch und Nancy voll auf ihrer Seite waren. Sie duldete keine Götter neben sich. Deshalb zeigte sie Nancy nach dem Vorfall kurz die kalte Schulter. Nancy versuchte Kalle verzweifelt davon zu überzeugen, dass Simone ihr eine wirkliche Freundin war, aber Kalle spie Feuer: „Wer hat dich von deiner versoffenen Alten weggeholt, bevor sie dich zu Brei prügeln konnte?! Wer hat dich überall mit hingenommen ..."

Nancy ließ sich leicht einschüchtern: „Du, Kalle. Du bist für mich wie eine Schwester."

„Wir sind eine Familie. Du, Fisch und ich. *Wir* sind füreinander da." Während Kalle diesen Satz sprach, guckte sie Nancy beschwörend an, die daraufhin eifrig nickte. „Aber Simone, die schert sich einen Scheißdreck um die Familie. Um Fisch und mich. Sie will dich von uns wegtreiben."

Kalle manipulierte Nancy nach Strich und Faden. Nancy war sogar so weit, Simone auf Kalles Geheiß eine Lektion zu verpassen. Sie stand schon mit dem Schlagring vor der Duschkabine, brachte es dann aber doch nicht übers Herz, ihrer Freundin wehzutun.

Simone spürte, dass mit Nancy etwas nicht stimmte und bohrte so lange nach, bis sie ihr schließlich beichtete, was Kalle von ihr verlangt hatte. Simone war fassungslos und wollte ein ernstes Wort mit Kalle sprechen. Nur Nancy wusste, dass dieser Schuss nach hinten losgehen würde. Sie war ziemlich verzweifelt. Auf der einen Seite wollte sie Kalle eine treues Familienmitglied sein, auf der anderen Seite mochte sie Simone ziemlich gern. Warum konnten sich die beiden nicht verstehen? Sie war hin- und hergerissen.

Schließlich erledigte Kalle gnadenlos, was Nancy nicht geschafft hatte: Sie verprügelte Simone, um ihr einen Denkzettel zu verpassen. Als Simone danach nichts mehr von Nancy wissen wollte, drohte Nancy verzweifelt, den Tunnel zu verraten.

„Entweder du bist meine Freundin oder ich verpfeiff dich", sagte Nancy aus lauter Hilflosigkeit. Simone sah nur eine Möglichkeit: Das Druckmittel, der Tunnel musste zerstört werden. Bei nächster Gelegenheit machte sie sich ans Werk. Sie nahm einen Gummischlauch mit in den Tunnel, um damit die Stützen einzureißen und alles zum Einsturz zu bringen. Aber es gelang ihr nicht richtig. Als sie versuchte, den eingeklemmten Gummischlauch zu entfernen, brach ein Teilstück über ihr zusammen. Nancy, die Hilfe holen sollte, lief dabei Kalle über den Weg. In ihrer Panik vertraute sie sich ihrer Kusine an. Damit hatte sie das Geheimnis verraten ...

Für Kalle war das ein gefundenes Fressen. Als sich Simone von den Schlusen unentdeckt aus dem Loch befreien konnte, wurde sie prompt von Kalle erpresst. Simone sollte den Tunnel freischaufeln, damit sich Kalle, Fisch und Nancy irgendwann absetzen konnten. Andernfalls würde Kalle den Tunnel melden und Simone wäre Station C so gut wie sicher. Aber Simone gab sich kämpferisch und weigerte sich.

„Will die mich verarschen?!“, fragte Kalle, als sie von Nancy davon erfuhr. Sie standen im gut besuchten Fitnessraum. Nancy hatte schon wieder Angst, zu viel gesagt zu haben. Einerseits wollte sie Kalle nicht belügen, andererseits Simone nicht in Schwierigkeiten bringen.

„Bitte, Kalle, du darfst ihr nicht wehtun. Vielleicht ist das mit dem Tunnel keine so gute Idee“, flehte sie ihre Kusine an. Kalle kochte zwar vor Wut, ließ sich aber nichts anmerken. Stattdessen mimte sie die Verständnisvolle vor Nancy.

„Hey, Bärchen – ich tue deiner Simone schon nichts. Du

weißt doch, ich mag sie. Und du willst doch auch nicht länger in diesem Scheißladen bleiben, oder!?“

Nancy schüttelte den Kopf.

„Simone will auch raus. Die stellt nicht umsonst diesen Verlegungsantrag. Wenn der Tunnel fertig ist, dann nehmen wir sie mit“, log Kalle.

„Ja – klar“, sagte Nancy leicht irritiert.

„Die hat einfach nur Schiss. Die weiß nicht, ob sie uns vertrauen kann. Aber das wird sie schon noch.“ Jetzt war Nancy überzeugt.

Kalle holte gleich weiter zum nächsten Schlag aus. Als sie mitbekam, dass Gerda sich das Drogengeschäft in Reutlitz allein unter den Nagel reißen wollte, bezog sie schwere Prügel. Nancy verdrosch in Kalles Auftrag Gerda so schwer, dass sie mit Blutergüssen und Prellungen auf die Krankenstation musste. Und Gerda sollte Simone etwas ausrichten:

„Schönen Gruß von Kalle – wenn du nicht spurst, sieht deine Fresse bald genauso aus wie meine.“ Simone sah sie entsetzt an. Sie versuchte sich weiter zu sträuben, aber Kalle sprach beim Essen klare Worte: „Jetzt pass mal auf, ab morgen machst du wieder die Gartenfee! Und sollte irgendetwas mit dem Tunnel schief gehen, jetzt oder in Zukunft, dann bist du tot!“ Damit erhob sie sich und kippte zur Unterstreichung ihrer Drohung Simone ihr Tablett in den Schoß.

Simone vertraute sich unter dem Druck Walter an. Die war sich absolut sicher, dass sie Kalle in den Griff bekommen würde. Im Fitnessraum schlenderte Walter gemächlich zu Kalle, die an der Hantelbank trainierte.

„Is was?", fragte Kalle gereizt. Walter beugte sich über sie und deutete auf die Hantel:

„Ich glaub, die ist 'ne Nummer zu groß für dich."

„Ach, ja?!" Kalle machte unbeirrt weiter. Walter sah ihr eine Weile beim Training zu.

„Bist du hier festgewachsen, oder was?", sagte Kalle und stemmte dabei lässig das Gewicht.

Walter sah sich versichernd nach Maja um, doch die beobachtete aufmerksam den Tanzkurs, den Frau Mohr gerade parallel abhielt. Walter nutzte die Gelegenheit und hielt unvermittelt die Hantel fest, um sie dann gegen Kalles Kehle zu drücken.

„Ooops ... so was Dummes aber auch ..." Kalle begann zu röcheln und versuchte sich zu wehren, aber Walter war stärker. Sie zischte leise, aber gefährlich:

„Simone ist 'ne Freundin von mir. Ne sehr gute Freundin. Also, vergiss den Tunnel – sonst tragen sie dich demnächst in 'ner Papiertüte raus. Und das ist kein Witz. Kapiert?!"

Kalle röchelte und versuchte verbissen, sich zu befreien. Aber Walter drückte ihr unnachgiebig die Kehle zu.

„Kapiert?!" Kalle gab auf und nickte knapp. Walter ließ los und tätschelt zufrieden Kalles Wange.

„Braves kleines Mädchen." Damit schlenderte sie davon. Kalle rieb sich mit schmerzverzerrtem Gesicht den Hals und starrte Walter wütend hinterher. Das würde sie noch büßen müssen.

Fisch hatte mittlerweile wieder gelernt, ihre sensible Ader gut zu verstecken. Es gab keinen Platz für Gefühle. Jetzt zählten Macht und das Geschäft. Im Fitnessraum trainierte sie regelmäßig ihren Körper. Harte Muskeln für harte Fäuste.

Raffaella blockierte den Sandsack. Um nichts in der Welt hätte Fisch darauf gewartet, bis sie fertig war. Ganz im Gegenteil. Sie prügelte sich mit Raffaella um diesen Sack, nur um zu zeigen, wer hier der Chef im Haus war. Kalle, die gerade am Stepper arbeitete, beobachtete den Kampf aufmerksam. Plötzlich spürte Fisch zwei Hände, die sie packten und heftig nach hinten rissen. Sie hörte Walters Stimme dicht an ihrem Ohr:

„Wir hatten was besprochen. Kalle, du und ich. Ihr macht keinen Stress. Sonst kriegt ihr Stress. Okay?“ Mit einer geschickten Drehung befreite sich Fisch aus dem Griff.

„Fick dich!“, blaffte sie angriffslustig. Aber bevor sie sich auf Walter stürzen konnte, schob sich Kalle geschickt dazwischen und lächelte Walter entschuldigend an.

„Wenn Fisch ihre Tage hat, ist sie total scheiße drauf. Kommt nicht wieder vor.“

Fisch traute ihren Ohren nicht. Was war das denn für ein seltsam freundlicher Ton? Sie war stocksauer.

Als sie am nächsten Tag in der Bücherei saßen, fluchte Fisch neben Kalle:

„Ich lass mich doch von der Lesbenschlampe nicht anpissen! Ohne die Walter wären wir längst draußen. Ab durch den Tunnel.“

„Jetzt komm erst mal runter. Wir dürfen nichts überstürzen", sagte Kalle eindringlich. Aber Fisch sann auf Rache. Und sie wusste auch schon wie ...

Bei der nächsten Essensausgabe mischte sie Walter in einem unbeobachteten Moment Dope ins Essen. Für Walter war das ziemlich fatal, denn sie hatte sich eine Weile lang mit Tabletten betäubt, um die Vergewaltigung durch den Schließer Baumann zu verkraften. Jetzt reagierte sie empfindlich auf Drogen. Nach kurzer Zeit brach sie zusammen. Fisch war das ziemlich egal, sie wollte nur, dass Walter begriff, wer hier das Sagen hat. Sie beugte sich über die geschwächte Walter und sagte mit festem Ton:

„Das war nur die Vorspeise. Wenn du mich noch mal anpackst, bist du tot!"

Kalle war von der Aktion nicht begeistert.

„Mach so was nicht noch mal. Wenn die Walter rauskriegt, wer ihr das Zeug in die Suppe getan hat, bist du dran." Sie trainierte im Fitnessraum locker am Stepper, während Fisch daneben hantelte.

„Ich lass mich nicht rumschubsen. Von keinem."

„Darum geht's doch gar nicht", sagte Kalle.

„Sondern?"

Kalle brach ihr Training ab und wischte sich mit einem Handtuch durchs Gesicht. „Ich hab dir schon mal gesagt, es kommt auf den richtigen Zeitpunkt an. Und den bestimme ich."

Fisch fühlte sich bevormundet. Sie wollte tun, wonach ihr

war und nicht erst auf Kalles Befehle warten. Sie schnaubte verächtlich und nahm sich ein paar schwerere Hanteln.

„Wenn sie checken, dass Walter wieder auf Dope ist, ist sie so was von weg vom Fenster“, sagte sie trotzig.

„Irgendwann kommt sie wieder. Dann haben wir ein Problem“, argumentierte Kalle.

Fisch grinste. „Wenn wir dann noch hier sind …“ Sie dachte an den Tunnel …

13.

Aber Kalle behielt Recht. Walter kam wieder und Fisch hatte ein Problem. Fisch bemerkte nicht, dass sie von Walter auf dem Gefängnishof genau unter die Lupe genommen wurde. Sie reichte einer der Frauen gerade ein Tütchen mit Gras, als es ihr plötzlich aus der Hand gerissen wurde. Für einen Moment dachte Fisch mit Schrecken an einen der Schließer. Aber als sie sich herumdrehte, erkannte sie Walter.

„Das glaub ich nicht! Die Kampflesbe! Bist du krank im Kopf oder was?“, stöhnte Fisch genervt.

„Das Gras! Alles! Und zwar zügig!“, befahl Walter. Sie hielt dabei die Grastüte hoch. Walter und Fisch standen sich wie Kampfhähne gegenüber. Kalle daneben mit aufmerksamem Blick. Nach einem provozierenden Wortgerangel wollte sich Fisch auf Walter stürzen. Aber Kalle ging wieder mal dazwischen.

„Hör auf! Lass den Quatsch!“, sagte Fisch verständnislos. Blitzschnell schob Walter der überrumpelten Fisch das Tütchen in den Mund.

„Nastrowje!“, flötete sie. Fisch spuckte die Tüte aus und stürzte sich blind vor Wut auf Walter. Eine Sekunde später spürte sie Walters harten Schwinger im Gesicht. Ausgeknockt taumelte Fisch zurück und wollte zurückschlagen, aber sie hatte keinen Funken Kraft in den Händen. Ihre Knie waren weich. Sie sah Walter völlig verschwommen vor sich stehen und dann auch Kalle. Die wollte Fisch verteidigen, wurde aber von Walter direkt in den Eisengriff genommen. Nach ein paar Sekunden konnte Fisch schon wieder klare Konturen erkennen. Als sie die Beamten herbeieilen sah, kickte sie die Grastüte mit dem Fuß geistesgegenwärtig in den Gully. Sie wollte sich auf keinen Fall von Walter das Geschäft kaputtmachen lassen. Der Geschmack des Blutes auf ihrer Zunge machte sie so rasend wie ein angestochenes Tier. Wie gerne hätte sie Walter in die Mangel genommen! Es juckte ihr heftig in den Fingern. Aber Andy Wagner riss Walter von Fisch los.

Der Deal war zwar geplatzt, aber Fisch war nicht aufgeflogen. Kurze Zeit später saß sie wieder bei ihrer Hanf-Plantage in der Werkstatt. Die Tür hatte sie wie immer gesichert. Sie musterte alles prüfend und war zufrieden. Neue Setzlinge waren gepflanzt und von der Decke hingen Blätter zum Trocknen. Einige abgepackte Portionen lagen schon zum Verkauf bereit. *The show must go on*, dachte sie und wollte gerade ein Beutelchen einstecken, als sie Geräusche an der Tür hörte. Eilig zog sie die Bohlen über ihren Kopf und verharrte atemlos in der Hocke. Sie hörte Schritte über sich in der Werkstatt. Ihr Herz ging schneller, denn an den Bohlen verharrten die Schritte. Fisch hielt jetzt komplett den Atem an. Ihr brach der Schweiß aus und sie vergrub ihr Gesicht zwischen den Beinen. Langsam wurden die Bohlen zurückgeschoben. Ein schmaler Lichtbalken streifte Fischs Gesicht. Erschrocken starrte sie nach oben und erkannte verblüfft Maja, die sie ebenfalls verdutzt anstarrte. *Jetzt ist alles aus*, dachte Fisch panisch.

Fisch war felsenfest davon überzeugt, dass Walter dahinter steckte. Aus Rache wegen der Sache mit dem Dope in der Suppe. Sie musste Fisch an Maja verpfiffen haben. Aber warum meldete Maja den Fund nicht bei Hendrik Jansen? Fisch hatte darauf keine Antwort. Stattdessen war wenig später die ganze Plantage wie leer gefegt. Jemand hatte einen Kahlschlag gemacht. Fisch war fassungslos. Melanie nicht weniger. Aber sie dachte nicht so sehr an Walter als vielmehr an Maja Brehme. Melanie hatte sie schon mal beim Kiffen erwischt und keine Meldung gemacht ...

Und sie behielt Recht. Bei der nächsten Zellenfilze suchte Andy Wagner in der Werkstatt wie ein Spürhund nach Dope. Maja Brehme hielt sich dabei auffällig zurück. Und als unter Andy der lockere Dielenboden etwas nachgab, sah Fisch, wie Maja ein bisschen blass wurde. Sie hatte zu dieser Zeit noch keine Ahnung, dass Maja die Plantage für ihren Eigenbedarf restlos leer geräumt hatte. Andy Wagner hob das Dielenbrett hoch, schüttelte dann aber den Kopf. Von der ehemaligen Hanfplantage war mittlerweile nichts mehr zu erkennen. Andy zog unverrichteter Dinge wieder ab. Als er durch die Tür war, konnte Fisch nicht mehr an sich halten:

„So bequem kommen Sie nie wieder an guten Stoff. Und vor allem nicht so billig“, sagte sie wütend.

Maja tat unschuldig. „Ich hör immer Stoff ...“

Fisch platze fast vor Wut. Die Frau hatte ihr immerhin das Geschäft kaputt gemacht!

„Sehr witzig! Vielleicht sollte ich mich mal bei der Gefängnisleitung beschweren, dass hier ein Junkie arbeitet", versuchte Fisch zu drohen.

Aber Maja antwortete souverän: „Ich kann Ihnen gerne einen Termin besorgen."

Fisch warf ihr einen verächtlichen Blick zu.

In der Rauchpause war Fisch immer noch aufgebracht. Sie stand bei Kalle und drehte sich eine Zigarette.

„Ich lass mich doch von so einer Reisfotze nicht verarschen!"

„Jetzt bleib mal cremig, Fisch. Soll die Brehme sich ruhig mit unserem Gras die Birne wegbuffen", beschwichtigte sie Kalle.

„Und wir gucken zu, oder was?!" Fisch wollte handeln und nicht reden. Kalle ging strategischer vor.

„Wissen ist Macht. Ich garantiere dir, der Fidschi wird uns noch mal nützlich sein." Fisch blieb skeptisch. Sie zündete sich ihre Zigarette an. Ihr Blick fiel auf Walter, die an einer Bank lehnte und ebenfalls rauchte.

„Aber der Walter haue ich eine aufs Maul. Die verpfeift uns nicht noch mal, das schwöre ich dir!" Fisch stand von den Haarspitzen bis zur Fußsohle unter Strom. Sie zog sich ihr knappes Shirt zurecht.

„Na, was hattest du heute in der Suppe? H? Koks? Acid?", rief sie Walter im Vorbeigehen provozierend zu.

„Hab drauf verzichtet. Damit ich heute Abend richtig reinhauen kann. Da gibt's nämlich Fisch", antwortete Walter gelassen. Fisch pulsierte das Blut. Im nächsten Augenblick sprang sie Walter an. Aber Kalle zog sie energisch zurück.

„Lass den Scheiß."

Fisch drehte sich grimmig zu Kalle. „Wollen wir hier langsam mal was reißen, oder bist du auf den Friedensnobelpreis aus?!" Ihre Stimme war aggressiv und kampfeslustig.

„Nein. Aber durch blindes Rumgeprügel kriegen wir Walter nicht klein", sagte Kalle vernünftig.

„Sondern?"

„Wir müssen sie da treffen, wo es richtig wehtut", grinste Kalle wissend. Sie meinte die schwangere Nina, Walters *Kurze*. Sie war ihre Ziehtochter seit Ninas Mutter, Walters ehemalige Freundin, tot war. Und sie war ihr Ein und Alles ... Fischs grimmige Miene verwandelte sich in ein hämisches Grinsen. Draufhauen konnten sie gut.

Fisch erledigte das im Fitnessraum. Nina machte gerade ihre Schwangerschaftsgymnastik. So billig würde sie die Kurze nie wieder kriegen. Fisch trat auf Nina ein. Sie spürte Kalles Blick im Nacken und wollte es besonders gut machen. Es kümmerte sie nicht, dass Nina verzweifelt um Hilfe schrie und sich schützend den Bauch hielt. Fisch spürte kein Mitleid. Sie musste nur irgendwo ihre Wut gegen Walter loswerden und sie verdrosch Nina kopflos, bis sie selbst eine Faust im Gesicht spürte. Der Schmerz explodierte in ihrem Kopf und sie fiel längs neben Nina. Völlig durcheinander erkannte sie Kalle über sich. Was sollte das nun wieder bedeuten?

Dann stand plötzlich auch Walter über ihr und wollte gerade

auf Kalle einschlagen, als Nina sie zurückhielt. „Walter! Scheiße! Lass sie los! Kalle hat mir geholfen“, japste sie atemlos.

Nicht nur Walter war perplex und fragte: „Kann mir vielleicht mal jemand erklären, was hier abgeht?“

Kalle richtete lässig ihre Kleidung und sagte ruhig. „Wäre ich nicht rechtzeitig gekommen, hätte Fisch Brei aus ihr gemacht.“

Fisch verstand die Welt nicht mehr. Sie fauchte Kalle beim Essen an: „Das war das erste und das letzte Mal, dass du mich geschlagen hast. Beim nächsten Mal schlag ich zurück.“

„Glaubst du etwa, ich hab das gern getan?“, fragte Kalle.

„Scheiße! Was sollte das? Ich lass mich nicht behandeln wie den letzten Dreck. Auch von dir nicht!“

Kalle blieb ruhig, denn sie hatte eine Erklärung. „Manchmal muss man Dinge tun, die einem nicht gefallen. Weil man nur so sein Ziel erreicht.“

Fisch wurde ungeduldiger. „Quatsch nicht so blöd. Erklär mir lieber, was plötzlich mit dir los ist. Ich dachte, wir sind ein Team.“

Kalle sah sich sichernd um und beugte sich konspirativ zu Fisch. „Du bist jetzt die Böse – und ich die Gute. Okay? Und wenn die alte Lesbe mir aus der Hand frisst, kochen wir sie so ab, dass sie sich wünscht, nie geboren zu sein. Die wird nie wieder was zu melden haben.“ Kalle lächelte heimtückisch. „Vertrau mir, Baby …“

Damit nahm sich Kalle ihren Teller und setzte sich an einen anderen Tisch. Fisch sah ihr irritiert hinterher. Einerseits war sie froh, andererseits fühlte sie sich ein wenig überrumpelt. Sie hätte das Problem lieber auf ihre Art gelöst. Fäuste statt langfristige Taktik.

Für Kalle waren Walter und der Tunnel nach draußen Langzeitprojekte. In der Zwischenzeit wollte sie erst mal die Reisekasse aufbessern. Die Hanf-Pantage gab es nicht mehr, also musste sie sich eine andere Quelle suchen. Und sie hatte auch schon eine Idee.

Kalle wollte sich den Stoff bequem liefern lassen: vom Hauslieferant Mike, Melanies Freund. Er brachte schließlich regelmäßig Lebensmittel nach Reutlitz. Warum also nicht auch Drogen?

„Mike schmuggelt nicht einen Krümel Dope hier rein!" rebellierte Melanie. Aber Kalle hatte sie in der Hand:

„Wär doch schade, wenn unser engagierter Direktor erfahren müsste, dass der Reutlitzer Hoflieferant unter falschem Namen arbeitet und dass er ein Ding mit einer Gefangenen am Laufen hat ..." Kalles Stimme war ruhig aber bestimmend. Kein Wunder. Sie hatte ein gefundenes Fressen für ihre Erpressungen.

Melanie tat alles, um Mike von dem Deal abzuhalten. Sie wollte ihn von der brutalen Gang fern halten. Als er zum ersten verabredeten Treffen nicht auftauchte, hätte Fisch am liebsten Melanie verdroschen. Kalle machte sich die Hände nicht schmutzig. Sie bevorzugte eine andere Taktik. Sie wollte persönlich mit Mike sprechen, um ihm gehörig Angst um Melanie einzuflößen. In Mohrs Büro klaute sie mit List und Tücke seine Telefonnummer und ließ schließlich Fisch anrufen.

„Ich habe eine Nachricht von Mel. Der geht es gar nicht gut. Und wenn du morgen nicht pünktlich zur Lieferung erscheinst, geht es ihr noch viel schlechter."

„Was ist mit Melanie?" Fisch freute sich über Mikes besorgte Stimme.

„Ich fürchte, Mel hat sich den Magen verdorben. Fischvergiftung. Au weia, hoffe nur, sie gibt nicht den Löffel ab." Sie hing ein und grinste bösartig. Sie hatte Melanie gepanschten Alkohol untergeschoben. Jetzt lag Mel mit Verätzungen in Mund und Rachen auf der Krankenstation.

Fisch empfand Genugtuung über ihre Macht. Gemeinsam mit Kalle konnte sie alle Menschen um sich herum zu Marionetten machen. Sie hatte keine Skrupel. Ganz im Gegenteil, es machte ihr Spaß böse zu sein. Und sie hatte nichts anderes mehr im Kopf. Weder ihren Vater noch ihre Schuld an ihrem Verbrechen.

Im Speisesaal stellte sich Kalle zu Fisch. Sie hielten die Kommunikation möglichst knapp und unauffällig. Schließlich sollten alle und nicht nur Walter denken, dass sie Krach hatten. Seit dem Übergriff auf Nina hatte man Kalle auf Station D verlegt. Weit weg von der brutalen Fisch, dachte Hendrik Jansen. Wenn sie sich dann trafen, versuchten sie das Nötigste miteinander zu besprechen.

„Mike kommt heute noch mit dem Dope", raunte Fisch.

„Scheiße. Ich komme frühestens morgen in die Küche", zischelte Kalle. Sie hatte gerade noch Ilse erpresst, morgen nicht in der Küche zu erscheinen, damit sie den Deal in Ruhe erledigen konnte.

„Ich dachte, das Dope ist mein Job“, sagte Fisch leicht irritiert.

„Und wie kommst du in die Küche?“, entgegnete Kalle unwillig.

„Ich schätze, der Aufzug streikt schon wieder.“ In ihrer Stimme lag Stolz über diesen Einfall.

„Gut“, willigte Kalle notgedrungen ein und sagte gleich streng hinterher:

„Aber lass dich nicht übers Ohr hauen.“ Kalle verabschiedete sich betont distanziert von Fisch und setzte sich zu Walter an den Tisch.

Als Fisch nach dem Essen in Begleitung eines Beamten die Küche betrat, war Mike war schon da. Er wandte sich gespielt geschäftig den Lebensmittelkisten zu. Fisch machte sich am Aufzug zu schaffen und wartete darauf, dass der Beamte mit Ilse aus der Küche ging.

„Du Schwein, ich mach dich fertig!“, schrie Mike, als sie endlich alleine waren. Fisch brachte sein Wutausbruch noch nicht mal dazu, mit der Wimper zu zucken. Unbeeindruckt werkelte sie irgendetwas am Aufzug herum und fragte ihn leise:

„Wo ist das Zeug?“ Das war das Einzige, was sie interessierte. Sie hörte Mike tief durchatmen. Sie spürte, dass er sie am liebsten erwürgt hätte, aber sie hatte ihn in der Hand.

„Aber dann lasst ihr Mel in Ruhe!“, sagte Mike verzweifelt.

„Ja, ja … Gib schon her!“ Fisch war ungeduldig. Mike sah sich sichernd um, holte dann ein kleines Päckchen aus seinem

Stiefelschaft und gab es Fisch. Sie nahm es und steckte es eilig in die Hosentasche.

„Brav. Das war heute nur ein kleiner Testlauf. Ab morgen kommen 100 Gramm ... pro Tag ... gleicher Ort, gleiche Zeit." Fisch grinste, als sie Mike blass werden sah. Dumm gelaufen. Er war ihr gutgläubig in die Falle gegangen.

„Scheiße! Wer soll denn das bezahlen?", stöhnte Mike.

„Im Zweifel Mel ... und zwar mit ihrem Leben." Der Satz zerging Fisch auf der Zunge. Das Dope und Mikes angstverzerrtes Gesicht waren ihr Lohn. So einfach war das.

Kalle war das Dope allerdings nicht gut genug. Den nächsten Deal übernahm sie. Mike war etwas irritiert über Kalles Anwesenheit, aber er hatte sich zu fügen. Er zog Haschisch aus einer Schokoladenpackung in der Lieferkiste und reichte es Kalle. Sie brach sofort einen Krümel ab und hielt ein Feuerzeug daran.

„Ich hoffe für dich und deine Kleine, dass der Stoff diesmal besser ist." Mike sah ungeduldig auf Kalles Qualitätskontrolle. Sie war zufrieden. Kalle wollte gerade das Dope einstecken, als sie Andy in die Küche kommen sah. Er schnüffelte sofort nach dem Haschischgeruch. Mike stand mit dem Rücken zur Tür und sah Andy nicht.

Blitzschnell drückte Kalle Mike die Drogen in die Hand. Damit war er ausgeliefert und Kalle fein raus. Sie zischte ihm noch ins Ohr:

„Ein falsches Wort, und Mel ..." Sie machte das Kopf-ab-Zeichen. Das war Drohung genug.

14.

Vor lauter Angst um Melanie verriet Mike Kalle und Fisch nicht. Er wurde verhört und zu einer Haftstrafe verurteilt. Pech für ihn, für Mel und auch für die Gang. Denn diese Drogenquelle war damit versiegt. Aber Kalle und Fisch hatten noch Silvio an der Hand. Ein Kumpel außerhalb der Reutlitz-Mauern, der ihnen Drogen besorgen sollte.

Sie kontaktierten ihn per Telefon. Schon wenig später saß er im Besucherraum und versuchte Fisch das kleine Tütchen mit einem Kuss zu übergeben. Der verbotene Körperkontakt hatte Maja Brehme aufmerksam gemacht. Die beiden flogen auf. Fisch war unglaublich wütend über den geplatzten Deal:

„Wegen der blöden Fotze war ich eine Nacht im Bunker", beschwerte sie sich bei Kalle. Sie standen hintereinander in der Schlange bei der Essensausgabe.

„Dann pass das nächste Mal besser auf", raunte Kalle. Sie achtete darauf, dass die Beamten nichts von ihrem Gespräch mit Fisch mitbekamen.

„Es gibt kein nächstes Mal. Silvio hat Besuchsverbot und die dumme Schluse passt auf mich auf wie ein Schießhund. Ich kann nicht mehr dealen."

„Klar kannst du. Die Brehme hat genug Dreck am Stecken. Die muss nur daran erinnert werden."

Fisch fühlte Unbehagen aufsteigen: „Kannst du nicht mit ihr …“ Sie stockte als sie Kalles sauren Blick sah und nickte nur stumm. Kalle verwandelte ihren Blick in ein aufmunterndes Lächeln und rückte in der Schlange vor. *Mist, dann muss ich wohl mit Maja reden*, dachte Fisch mit einem mulmigen Gefühl im Bauch. Sie fühlte sich verdammt hilflos, wenn es ums Verhandeln ging.

Auf dem Flur zwischen den Stationen holte Maja Fisch gut gelaunt von der Arbeit ab. „Na? Heute gar keine Fidschi-Sprüche? Manchmal wirkt der Bunker wirklich Wunder.“

Fisch bemerkte, dass Maja sich sicher fühlte. Sie lächelte schief und bemühte sich einigermaßen höflich zu sein. Schließlich wollte sie ja etwas von ihr.

„Ich mache dir ein Angebot“, sagte Fisch. „Du lässt mich weiter dealen und ich vergesse, dass du das Gras aus der Werkstatt für dich eingesackt hast.“ Fisch hatte das Gefühl, dass Maja kurz zusammenzuckte, aber sie antwortete sehr selbstbewusst:

„Ihnen wird niemand glauben, Frau Fischer. Klingt doch nur nach billiger Rache.“

Fisch hatte gehofft, Maja hätte nicht so souverän reagiert. Das machte sie unsicher. Außerdem gingen ihr schlichtweg die Argumente aus. Kalle wäre das nicht passiert, dachte sie verärgert über sich selbst. *Sie hat immer eine Antwort, immer eine Lösung*. Sie fühlte sich ziemlich unwohl in ihrer Haut, erst recht, als sie sah, dass Maja die Situation zu genießen schien. Sie sagte überlegen: „Rassistisch und dumm ist eine harte Kombi.“

Fischs Frust wandelte sich in Aggression. Sie ballte die Hände zu Fäusten, griff sich Maja und drückte sie gewaltsam gegen die Gittertür, ohne auf die Überwachungskamera zu achten. „Dir wird dein dummes Grinsen noch vergehen.“

Die Quittung für diesen Angriff kam gleich hinterher: Isohaft für Fisch. Grund genug für Kalle, sich die unbequeme Schluse einmal vorzuknöpfen. Auf dem Gefängnishof ging sie zielstrebig auf Maja zu: „Ich wollte Sie nur warnen“, sagte Kalle mit einem überaus höflichen Lächeln im Gesicht.

Maja sah Kalle skeptisch an. „Ach ja? Wovor denn?“

„Ich glaube, Sie haben da mit Fisch einen Fehler gemacht. Sie hätten auf ihr Angebot eingehen sollen.“

Maja versuchte ihre Unsicherheit zu unterdrücken.

„Wissen Sie, Fisch hat Freunde, die sehen es nicht so gerne, wenn man sie in Isohaft steckt.“ Kalle lächelte vieldeutig.

„Sagen Sie Bescheid, wenn Sie ebenfalls da landen wollen“, entgegnete Maja scharf. Kalle setzte wieder ihr entzückendes Lächeln auf und schlenderte weiter. Im Abgehen drehte sie sich zu Maja um und drohte: „Sagen Sie später nicht, ich hätte Sie nicht gewarnt.“

Noch in derselben unfreundlichen Nacht hetzte sie Maja Silvio an den Hals. Nach dem Motto: Wer nicht hören will, muss fühlen. Er drohte ihr mit einem Springmesser und befahl ihr, Kalle und Fisch zu gehorchen. Kalle wollte Maja weich kochen. Zumindest so lange, bis sie über Silvio Dope nach Reutlitz schmuggeln würde.

Fisch war wieder raus aus der Isohaft und hörte sich im Hof während der Rauchpause Kalles Ideen an. Sie war wieder skeptisch.

„Und wenn die Fidschifotze nicht mitspielt?"

„Wird sie schon. Du bleibst ruhig, verstanden?" Kalle behielt einen kühlen Kopf.

„Und was ist mit Walter? Simone soll schleunigst weiter am Tunnel buddeln. Ich will endlich raus aus diesem Loch." Fisch war ungeduldig, aber Kalle wies sie scharf zurecht:

„Und was sollen wir draußen ohne Geld machen?" Fisch hatte keine Ahnung. Sie wollte einfach nur raus. Und wie so oft verfiel sie in blinden Aktionismus. Kalle war ruhiger und schien alles im Griff zu haben:

„Eins nach dem anderen. Erst die Brehme, über die kommen wir zu Startkapital und dann schalten wir Simones Beschützerin, die gute Walter, aus."

Ein Beamter wurde auf Fisch und Kalle aufmerksam und mahnte: „Frau Fischer, Sie haben Kontaktsperre. Kommen Sie da weg."

Fisch sagte noch schnell: „Und wenn Simone ihr was über den Tunnel erzählt?"

„Nancy passt auf. Und bis wir uns Walter vornehmen, sollen alle weiter glauben, dass wir uns zerstritten haben", tuschelte Kalle eilig. Laut hinterher: „Ja, los verpiss dich, du Schlampe." Ohne Fischs Reaktion abzuwarten, ging Kalle zu anderen Insassinnen und ließ Fisch allein.

Maja versuchte sich vergeblich bei der Gang gegen die Übergriffe zu wehren. Kalle und Co. wussten neben der Geschichte mit der Hanf-Plantage nämlich, dass Maja selbst kiffte. Nicht nur wegen ihrer oft rot geäderten Augen. Hendrik Jansen hatte sie mit einem Joint erwischt ...

Sie wussten allerdings nicht, dass Maja den Stoff auch für ihre Schwester brauchte. Aber das änderte nichts an der Tatsache, dass Maja jetzt erpressbarer war als zuvor. Und das nutzte Kalle zu ihrem Vorteil aus. Sie sagte Maja ganz kühl, dass man Drogenkonsum ganz prima mit einer Haaranalyse ermitteln könnte. Maja knickte ein. Es half auch nicht, dass sie immer wieder versuchte, nach Dienstschluss schnell von Reutlitz wegzukommen. Sie war nirgends sicher. Draußen folgte ihr Silvio auf Schritt und Tritt. In Reutlitz selber wurde sie immer wieder von Kalle aufgegriffen und wusste, dass sie ihr langsam etwas bieten musste.

„Ich könnte mich ja dafür einsetzen, dass Sie einen Job kriegen. In der Näherei vielleicht“, schlug sie Kalle zögerlich vor, als sie auf dem Hof standen. Kalle lächelte süßsauer.

„Niedlich. – Das löst meine Probleme aber nicht. Ich hab Bestellungen entgegengenommen.“ Sie sah Maja auffordernd an: „Was soll ich meinen Kunden sagen?“

„Vergessen Sie es! Ich schmuggele keine Drogen rein.“

Kalle spürte Majas Unsicherheit und lullte sie mit leeren Versprechungen ein. „Einmal und die Sache ist vergessen.“

„Das ich nicht lache“, sagte Maja.

„Geben Sie mir Ihr Handy. – Sie können zuhören. Ich sag meinem Partner, dass er Sie nach dem Deal in Ruhe lassen soll.“

Kalle zog alle Register. Sie ging mit Maja zu den Komposttonnen, damit sie niemand beobachten konnte. Maja hatte ihr Handy in der Hand.

„Ich muss bescheuert sein."

Kalle nahm sich schnell das Handy und wählte Silvios Nummer: „Hi, hier ist Kalle. Pass auf. Frau Brehme trifft sich mit dir in der Mittagspause. Du gibst ihr das Päckchen und danach lässt du dich nie wieder in ihrer Nähe blicken."

Sie lächelte Maja beruhigend zu. Kalle beendete das Telefonat. Maja wollte sich ihr Handy wieder nehmen, aber Kalle steckte es schnell in ihre Hosentasche und ging berechnend Richtung Hof, wo sie im Blickfeld anderer Beamten war.

„Pillen gegen Handy!", zischte sie Maja zu, die nichts tun konnte, ohne die Aufmerksamkeit ihrer Kollegen zu erregen. Kalle hatte wieder an alles gedacht und Maja blieb nichts anderes übrig, als zähneknirschend zu gehorchen.

Die erste Lieferung klappte problemlos. Silvio übergab Maja die Pillen und die schleuste sie nach Reutlitz ein. Nach dem Deal wollte Maja wie verabredet ihr Handy zurück. Aber Kalle hatte einen Fund gemacht, mit dem sie Maja endgültig in der Hand hatte. Auf Majas Handy war eine höchst interessante Mailboxnachricht, die sie ihr vorspielte:

„Hallo Schwesterherz, tut mir Leid, dass ich beim letzten Mal so sauer war. Natürlich bin ich dir dankbar, dass du mir das Dope aus dem Knast geschickt hast. Das Zeugs knallt voll rein ..." Kalle beendete die Wiedergabe mit einem zufriedenen Lächeln und steckte das Handy wieder ein. Maja lehnte sich geschwächt gegen die Wand. Sie wusste, dass sie endgültig verloren hatte.

Das bedeutete für die Gang Narrenfreiheit. Das Handy musste Maja eine Menge wert sein. Ihren Job und ihre Freiheit, denn bei einer Geldstrafe würde es für sie wohl nicht bleiben.

Kalle wurde immer dreister und verlangte von Maja ein Fluchtauto und 10.000 Euro. Aber Maja konnte über Kalles Größenwahn nur lachen: „Du spinnst! Dann zeig mich doch an."

Kalle überspielte die Absage lässig und wurde ein bisschen bescheidener: Sie wollte zu Nancy auf Station B verlegt werden. Nicht mehr und nicht weniger.

Maja hatte bei Jansen ein ziemliches Problem, Kalles Ansprüche durchzusetzen, aber am Ende funktionierte es dann doch. Sie kam in Fischs Zelle. Neben ihr stand der Neuzugang Friederike, eine verwöhnte Neureiche, die für kurze Zeit wegen eines Verkehrsdeliktes einsaß. Ihr Vater war nicht mehr bereit, ihre Strafmandate zu bezahlen, also musste sie ihre Strafe im Knast absitzen.

Fisch traute ihren Augen nicht, als sie Kalle mit dem Korb in den Händen vor sich stehen sah und lächelte ihr spontan zu. Aber Kalle giftete sie gleich an:

„Ja. Schöne Scheiße ... Jetzt muss ich andauernd deine blöde Fresse sehen. Ich werde mich beschweren. Das ist Folter", sagte Kalle laut vernehmlich zu Fisch.

„Arschloch", sagte Fisch verstehend.

„Angenehm. Ich heiße Kalle", sagte sie betont freundlich zu

Friederike. Die ging im selben Augenblick zu ihrem Besuchstermin und Fisch und Kalle waren allein.

„Wir müssen aufpassen! Wir sind Feinde, kapiert?! Denk an die Walter!“, zischte Kalle.

„Ja, ja ... Scheiße, wie hast du das geschafft, auch noch auf meine Zelle zu kommen?!“

Kalle begann süffisant zu lächeln. „Ich soll dich, sagen wir, ein bisschen überwachen. Im Auftrag der Gefängnisleitung ...“

Fisch schluckte. Kalle war mit einer Bedingung auf Station B geschickt worden: Sie sollte wegen Drogen spitzeln ...Maja hatte das mit Ach und Krach bei Hendrik Jansen durchbekommen. Vor allem auch, weil Kalle vorher selbst bei dem Direktor mit dieser Idee vorgesprochen hatte. Aber dieses Abkommen war natürlich nur ein einseitig hohles Versprechen ...

„Bei mir läuft alles bingo ... Und bei dir?“ Fisch schützte mittlerweile Friederike vor Raffaella. Die beiden lagen im Streit. Fisch hatte Friederike den Bären aufgebunden, dass Raffaella eine Nutte war und noch wildere Geschichten. Vor lauter Wut war Raffaella auf Friederike losgegangen, als diese sie neugierig nach ihrer „Vergangenheit“ befragt hatte und hatte ihre Klamotten aus dem Fenster geworfen. Friederike war eine zarte Pflanze. Die rauen Sitten im Knast kannte sie nicht, also brauchte sie Hilfe. Und sie hatte die nötige Kohle, um sich diesen Luxus zu leisten. Das war genau der richtige Job für Fisch. Denn ihre Hilfe war nichts anderes als der Einsatz von Gewalt. Das war es, was sie am besten konnte. Eine simple Philosophie. Mit ihren Fäusten war sie stark und musste nicht nachdenken. Sie konnte all ihren unterdrückten Frust loswerden. In solchen Momenten fühlte sie sich stark überlegen.

Manchmal überließ ihr Friederike auch ein paar Klamotten. Fisch zeigte Kalle stolz einen teuren Pullover.

„Was soll der Scheiß-Pulli?“, sagte Kalle verständnislos.

„Den können wir draußen verticken“, verteidigte sich Fisch.

„Idiot! Was willst du alles mitschleppen im Tunnel?! Wir brauchen Bares, wenn wir hier abhauen!“ Kalle war genervt.

„Ist ja gut, Mann“, wehrte Fisch sich schuldbewusst.

„Die Tussi stinkt vor Kohle! Zock sie ab, bevor sie wieder raus ist!“, stänkerte Kalle verächtlich weiter.

Nichts kann ich ihr recht machen, dachte Fisch halb sauer, halb beleidigt. *Immer weiß sie alles besser, kommandiert mich rum …*

Mittlerweile hatte der Schließer Peter Kittler durch einen Streit mitbekommen, dass Friederike Fisch den Pulli geschenkt hatte. Das war in Reutlitz verboten. Fisch musste den Pullover wieder zurückgeben, aber dafür wollte sie Bares. Sie hockte auf ihrem Bett in der Zelle und sah Friederike hereinkommen. Mit Kalles Worten im Ohr baute sie sich gleich vor der Neuen auf. Aber Friederike holte Luft und sagte fest:

„Hör mal … Fisch. Wir lassen das jetzt gut sein. Ich wollte sowieso nicht, dass du Raffaella etwas antust, ja? Wir wollen hier doch alle gut miteinander auskommen und …“

Fisch haute ihr leicht auf die Wange und beendete den Wortschwall. „Ich will für den Pulli Kohle sehen. Klar? Geschäft ist Geschäft. Du schuldest mir noch was, basta!“

Friederike ließ sich schnell einschüchtern. „Okay, okay ... Wenn es sein muss? Ich sehe es nicht ein, aber ich will auch nicht länger streiten. Damit ist die Sache aber ein für alle Mal vom Tisch, ja?"

Friederike guckte Fisch mit großen Augen an. Fisch erwiderte mit entschlossener Mine: „50 Euro."

Friederikes Miene verriet, dass das ein absoluter Spottpreis war.

„Oder was ist der Fummel wert?", hakte Fisch nach.

„Naja ... Ich weiß nicht mehr genau", log Friederike.

Fisch hob die Faust vor Friederikes Nase. „Verarschen kann ich mich alleine. Du gibst mir 100 Eier für das Teil – und zwar pronto." Fisch sah es gerne, wenn jemand seine Angst so offensichtlich zeigte wie Friederike in diesem Augenblick.

„Okay. Ja. Ich werde das Geld besorgen", gab sie nach und Fisch ließ sie frei.

Fisch war stolz darauf, dass sie sich bei Friederike durchgesetzt hatte und erzählte Kalle auf dem Gefängnishof von ihrem Erfolg.

„Morgen krieg ich 100 Euro. Für den Pulli", sagte sie mit einem breiten Grinsen.

„Bist du bescheuert? Der ist mindestens 300 wert! Du Loser! Echt ey ..."

Fisch fühlte einen Stich in der Brust und guckte verletzt. „Dann schaff du doch die Kohle ran!", sagte sie trotzig und verzog sich. Ihre Enttäuschung über Kalles Reaktion verwandelte sich von einer kurzen Schwäche wieder in eine ohnmächtige

Wut. Und so machte sie sich gleich wieder bei Friederike Luft. Sie ging in ihre Zelle und packte sie sich.

„Der Pulli ist mindestens 300 wert!" Fisch drückte Friederike brutal auf die verschorfte Nase, die sie sich von Raffaellas Attacke eingeheimst hatte. Sie schrie auf und Fisch sah mit Genugtuung, dass die Nase zu bluten anfing.

„Die will ich haben. Plus 50, für die Verarsche."

Friederike kämpfte gegen die Tränen. „Okay, okay. Du kriegst das Geld."

„Und keine krumme Tour. Ist das klar?" Fisch drückte als Warnung zum Schluss noch einmal die Finger auf Friederikes Kehle.

Als sie aus der Zelle ging, sah sie Raffaella dumpf auf dem Bett sitzen. Im Vorbeigehen schlug sie mit der Faust nach ihr.

15.

In der Nacht hatte Fisch Alpträume. Sie kämpfte und musste sich verteidigen. Mit der Faust schlug sie dabei immer wieder auf die Matratze ein und wälzte sich hin und her. Dann wachte sie schweißgebadet auf und sah ihre Hand, die drohend zur Abwehr geballt war. Erschöpft ließ sie sich wieder in die Kissen sinken. Ihr Herz ging schneller und sie hatte plötzlich das Bedürfnis, ihre innere Aufregung durch ein paar vertrauliche Worte mit Kalle zu beruhigen. Sie beugte sich zu ihr hinunter.

„Psst, Kalle … Bist du wach?“, flüsterte sie. Sie sah Kalle mit geschlossenen Augen im Bett liegen. Doch plötzlich führte sie eine Kippe zum Mund, zog daran und sagte: „Halt‘s Maul. Ich schlafe.“

Klar, vor den anderen waren sie Feinde. Kalle ging immer auf Nummer sicher. Und trotzdem schmerzte Fisch diese Reaktion. Sie fühlte sich allein. Ein Bedürfnis nach Geborgenheit kam in ihr auf und sie dachte für zwei Sekunden an ihre Eltern. Dann kniff sie die Augen zusammen, als könnte sie damit ihre Gedanken nicht mehr sehen und befahl sich wieder einzuschlafen.

Am nächsten Morgen steuerte sie ihr Denken sofort in Richtung Friederike. Das Geld war endlich fällig.

„Zahltag“, rief Fisch, als sie in die Zelle kam.

„350. Wie abgemacht“, antwortete Friederike wie aus der Pistole geschossen. Sie streckte Fisch das Geld entgegen. Fischs Augen glänzten. Sie nahm es und zählte es hektisch durch.

„Da fehlen 50.“

Friederike reichte Fisch noch einen Schein. „Bitte. Und hier sind noch mal eins, zwei, drei, 350! Dann lässt du auch Raffaella in Ruhe. Okay?“

Fisch war perplex, das war doppelt so viel wie vereinbart. Aber sie versuchte, sich nicht sonderlich verdutzt zu zeigen. Es sollte schließlich nicht nach Gnadenbrot aussehen, sondern nach einem Zeichen von Fischs Macht.

„Okay ... Dass der Itaker noch mal Kohle bringt? Wer hätte das gedacht“, sagte sie lapidar. Dann steckte sie das Geld grinsend weg.

Als sie alleine in der Zelle waren, händigte Fisch Kalle das Geld direkt aus. Sie zählte es erst mal regungslos durch. Fisch beobachtete sie dabei gespannt und freute sich auf ein Lob, nach dem sie sich so sehr sehnte. Kalle wedelte mit dem Geld und rief entzückt:

„700. Wow ... Doch kein Loser. Damit kommen wir schon mal ganz schön weit.“

Fisch streckte sich vor Freude und blickte geschmeichelt. Sie überspielte es aber gleich wieder mit einem Achselzucken.

„Ich würd’ gern ans Mittelmeer“, sagte sie vorsichtig. Kalle knuffte sie freundschaftlich und legte den Arm um sie. Fisch wurde es sogar ein bisschen warm dabei. Sie konnte sich nicht erinnern, wann sie das letzte Mal jemand umarmt hatte.

„Machen wir. Vielleicht können wir die Tussi vorher noch mehr abmelken. Was meinst du?"

„Schlechte Idee", war plötzlich von einer anderen Stimme zu vernehmen. Die beiden schauten sich erschrocken um. Walter stand in der offenen Tür und hatte sie die ganze Zeit beobachtet. Sie kam ein Stück näher.

„Ich hatte es im Urin", sagte sie mit zusammengekniffenen Augen. Kalle nahm mürrisch den Arm von Fisch und steckte das Geld weg. Fisch guckte betreten. Sie fühlte sich schuldig, obwohl sie gar nichts dafür konnte.

„Warum bist du auf der B? Und in dieser Zelle?", fragte Walter Kalle. „Keine Ahnung, welche Scheiße ihr vorhabt. Aber das gibt Ärger. Und zwar mit mir", sagte sie noch, bevor sie wieder hinausging.

Fisch blickte angespannt und zögernd zu Kalle.

„Halt einfach das Maul, ja?", zischte Kalle und trat frustriert gegen das Fenster. Fisch blieb verloren im Raum stehen. Gerade als es netter zwischen ihnen wurde, als Kalle endlich mal mit ihr zufrieden war, kam diese Walter und vermasselte alles. Außerdem war ihr Theater aufgeflogen und das versprach Ärger.

Nancy kannte die Details von Kalles und Fischs Geschäften nicht. Aber jeder hatte in der Gang seine eigene Aufgabe. Nancy amtierte als Schläger oder als Vermittler, zum Beispiel wenn es um Simone ging.

Als sie in der Gärtnerei Setzlinge pflanzten, wanderte Nancys Blick zum Einstieg in den Tunnel, dann zu Simone. Bevor sie eine Schubkarre mit Abfällen belud, fasste sie sich ein Herz und fragte Simone zögerlich: „Wann machst du denn mit dem Tunnel weiter, Simone?“

Simone richtete sich langsam auf und sah Nancy misstrauisch an. „Wer will das wissen?“

Nancy schwieg betreten.

„Wer das wissen will, hab ich gefragt!“ Simones Ton wurde scharf.

„Kalle.“

„Sag ihr, ich bin nicht euer Maulwurf. Wenn ihr hier raus wollt, kümmert euch gefälligst selbst darum.“ Nancy wurde ruhig und fing an, die Abfälle aufzusammeln.

Kalle stimmte Simones widerspenstiges Verhalten übellaunig. Sie saß mit Fisch rauchend auf der Treppe im Flur und beobachtete Simone und Walter.

„Seit die Lesbe sich um Simone kümmert, wird die Kleine richtig frech.“

Fisch nickte nachdenklich. „Es wird Zeit, dass Walter begreift, wer hier das Sagen hat.“ Sie ließ ihre Finger einzeln knacken und fügte hinzu: „Und je schneller je besser.“

„Das bringt doch nichts, Fisch. Ich will endlich raus aus dem Scheißknast!“, fluchte Kalle.

„Glaubst du, ich nicht?“

„Walter ist eine harte Nuss. Die ist nicht so leicht zu knacken. – Ich hab ’ne viel bessere Idee ...“

Wieder eine ihrer tollen Ideen, die ja immer so viel besser sind als meine ..., dachte Fisch grimmig und nahm einen tiefen Zug aus der Zigarette.

Noch in derselben Nacht tauschten Fisch und Nancy die Zellen. Fisch lauerte so lange in der Nasszelle, bis alle Lichter verloschen waren und überfiel Simone kurz vor dem Einschlafen.

„Wir mögen es gar nicht, wenn Leute frech werden!", zischte Fisch. Sie sah in Simones angstgeweitete Augen. Als sie den Mund öffnete, um nach Hilfe zu schreien, packte Fisch sie brutal am Hals und fing an, auf Simone einzuschlagen. Bei jedem Schlag betonte sie je ein Wort:

„Ab – jetzt – spurst – du – kapiert ..." Selbst in der Dunkelheit konnte Fisch Simones roten Kopf erkennen. Dann legte sie sich in Nancys Bett und schlief zufrieden ein.

Am nächsten Morgen sah sie zu, dass sie schnell aus der falschen Zelle kam. Nancy tat genau dasselbe. Walter stand am Treppengeländer und beobachtete das Bäumchen-wechsel-dich-Spiel. Sie sah die Würgemale an Simones Hals und plante, sich für Simone zu rächen. Ihr Zorn war gewaltig.

Im Bad schmetterte sie Fisch brutal gegen die Wand einer Kabine.

„Fass Simone noch einmal an – und ich mach Fischstäbchen aus dir! Geht das in deinen scheiß Russenschädel!?"

Fisch keuchte. „Lass mich los, verdammt!"

Aber Walter schüttelte sie heftig. „Ob du das verstanden hast!?", wiederholte Walter. Im Gegensatz zu Walter sah Fisch, dass Kalle sich näherte. Sie entspannte sich und grinste Walter angesichts des bevorstehenden Triumphes hämisch an.

„Du alter, mieser Mösenlutscher …“, sagte Fisch gedehnt. Walters Augen wurden schmal. Sie hielt Fisch mit der linken Hand fest und holte mit der rechten weit aus.

Bevor sie zuschlagen konnte, bekam sie einen krachenden Handkantenschlag ins Genick. Walter sackte bewusstlos zu Boden. Fisch atmete tief durch. *Gerade noch mal Glück gehabt*, dachte sie erleichtert und sah plötzlich einen Hauch von Wahnsinn in Kalles Augen aufblitzen. Sie folgte ihrem Blick auf die Erde und sah eine abgebrochene Fliese mit einem spitzen Zacken. Die hatte sich wohl beim Kampf gelöst. Fisch wusste nicht genau, was jetzt kommen würde, aber sie spürte, wie sich ihr Magen zusammenzog. Sie sah Kalle nur einen Moment zögern, dann hob sie die Fliese auf und blickte zu Walter hinunter:

„Das war ein großer Fehler, Walter“, sagte sie zynisch. Dann drückte sie Fisch die Fliese in die Hand.

„Das ist unsere Chance. Mach sie kalt“, sagte sie entschlossen. Fisch nahm die Fliese mechanisch in die Hand und sah in Kalles herausforderndes Gesicht.

„Na los, worauf wartest du noch?“, hörte sie Kalle sagen.

Fisch spürte die harte Fliesenkante, die sich in ihre Finger bohrte. Sie war plötzlich wie gelähmt. Was wollte Kalle von ihr? Eigentlich war es ihr klar, aber sie konnte es nicht glauben. Kalle deutete mit einer lässigen Kopfbewegung auf Walter.

„Glaubst du, die vergisst das einfach? Wenn wir sie nicht platt machen, macht sie uns platt. Was ist dir lieber?“ Fisch spürte ihr Blut in den Adern pulsieren. Das durfte nicht wahr werden. In ihrem Kopf suchte sie panisch nach Argumenten. Ein bloßes *Nein* würde Kalle nicht reichen. Sie versuchte nach außen hin cool zu bleiben, dabei wäre sie am liebsten auf der Stelle weggelaufen. Weit weg.

„Bis sie wieder klar ist, sind wir doch längst weg. Durch den Tunnel ...", sagte Fisch bemüht überzeugt.

„Welcher Tunnel? – Das ist bislang nur ein Loch ohne Ausgang", fauchte Kalle. Fisch hatte das Gefühl, den Boden unter den Füßen zu verlieren. Ihr wurde abwechselnd heiß und kalt. Sie konnte keinen klaren Gedanken fassen. Sie wusste nur eins:

„Ich kann das nicht. ... Ich bin doch kein Mörder." *Ich bin kein Mörder, ich bin kein Mörder*, echote es in ihren Ohren. Sie atmete tief durch. Doch Kalle verzog hämisch das Gesicht.

„Aber nur, weil dieser S-Bahn Typ mehr Glück als Verstand hatte." Sie fackelte nicht lange und packte Walter an einer Seite an. Es gab keine Zeit, lange nachzudenken.

„Los, pack an!"

Fisch war immer noch wie gelähmt. Ihr Atem wurde flacher. Sie zuckte zusammen, als Kalle sie anherrschte:

„Tu, was ich dir sage."

Fisch steckte die Fliese ein und folgte gefügig Kalles Befehlen. Mit letzter Kraft hievten Kalle und Fisch Walter über den Rand in die leere Badewanne. Fisch fühlte ihren Körper nicht mehr. Das, was sie tat, war nicht sie selbst. Sie fühlte sich wie ein Roboter.

Kalle hingegen wusste genau, was sie tat. Sie drehte den Wasserhahn voll auf. Das Wasser schoss auf Walters schlaffen Körper und färbte ihre Kleidung dunkel. Kalle atmete tief durch. Fisch warf einen angespannten Blicke zur Tür. Ihr Magen war inzwischen ein harter Klumpen und sie spürte ihre Nervosität förmlich auf der Haut kribbeln.

„Komm endlich!", hörte sie sich aufgeregt sagen.

Aber Kalle war ganz ruhig. „Wir sind noch nicht fertig."

„Und wenn uns jemand sieht? Willst du den Rest deines Lebens im Bau bleiben?" Fischs Mund war völlig ausgetrocknet. Kalle sah Fisch herablassend an.

„Du hast es immer noch nicht gecheckt. Das ist kein Mord. Das ist Selbstmord."

In Fischs Kopf dröhnte immer nur ein Wort: *Mord.* Damit wollte sie nichts zu tun haben. Aber sie hatte keine Wahl. Kalle grinste sie überlegen an. In dem Moment öffnete Walter mühsam die Augen. Kalle zögerte nicht lange und schlug ihr grob mit der Faust ins Gesicht, sodass Walter wieder das Bewusstsein verlor. Kalle musste jetzt für zwei denken und sie musste schnelle Entscheidungen treffen.

„Eine Ex-Pillenbraut hat keinen Bock mehr. Sie schneidet sich die Pulsadern auf und legt sich in die Badewanne. Okay? – Gib mir die Fliese." Fisch begriff immer mehr, was Kalle vorhatte. Sie griff automatisch zur Fliese in ihrer Hosentasche und hielt sie von außen fest, als könnte sie Kalles Plan dadurch vereiteln. *Das geht nicht, das darf nicht sein, ich bin keine Mörderin*, schoss es ihr immer wieder durch den Kopf, während sie die Fliese immer fester umklammerte. Aber Kalles strenger Blick traf sie wie ein Schwert. Zögerlich holte sie die Fliese heraus und gab sie Kalle. Die griff sich Walters Arm, atmete kurz durch und schlitzte entschlossen Walters Pulsadern auf. Fisch stockte der Atem. Sie konnte das austretende Blut förmlich riechen. Kalle packte sie am Arm und zog sie aus dem Badezimmer.

Zurück auf der Zelle, ließ sich Fisch aufs Bett fallen. Völlig apathisch murmelte sie:

„Wir haben sie umgebracht. ... Wir sind erledigt! ... Wir kommen hier nie mehr raus, Kalle, nie mehr! ...“ Plötzlich wurde sie hysterisch und rief:

„Eine gottverdammte Scheiße ist das!!“ Sie spürte tausend kleine Nadeln unter ihrer Haut. Sie sah einfach keinen Ausweg.

Kalle herrschte sie an. „Verdammt noch mal, reiß dich zusammen!“

Fisch zuckte zusammen und schwieg. Aber ihr Kopf arbeitete weiter: *Ich habe damit nichts zu tun, es war Kalle. Ich will nicht mein Leben lang im Knast bleiben. Was wird Papa sagen? Es wird nie mehr richtig gut werden mit uns. Das geht nicht, niemals.* Kalle versuchte Fisch zu beruhigen. Sie sprach eindringlich auf Fisch ein:

„Es war Selbstmord. Die alte Lesbe hat sich aufgeschlitzt. So was passiert in jedem Knast. Jeden Tag. Okay?“ Fisch hörte nur Worthülsen. Kalle konnte sie einfach nicht beruhigen. Das Ausmaß der Tat wurde ihr jetzt erst richtig bewusst. Immer wieder schüttelte sie den Kopf.

„Lebenslänglich ... das bring ich nicht ... das ist ... das bring ich nicht.“ Sie sprang panisch auf.

„Wir müssen sie da rausholen! Schnell!" Ein kleiner Hoffnungsschimmer keimte in ihr auf. Doch bevor Fisch loslaufen konnte, packte Kalle sie an den Schultern und schüttelte sie.

„Wir müssen nur eins: Ganz ruhig bleiben. So tun als wäre nichts passiert. Dann passiert auch nichts. Okay? Und jetzt mach endlich deine Hände sauber!" Fisch blickte auf das Blut, das an ihren Fingern klebte. Eine heiße Welle des Entsetzens durchfuhr sie. Als sie gerade schreien wollte, spürte sie die harte Hand von Kalle auf ihrer Wange und dann einen stechenden Schmerz.

Kalle und Fisch saßen sich auf den Betten in der Zelle gegenüber. Fisch hatte sich ein bisschen beruhigt.

„Nancy muss nichts davon mitkriegen, okay?!", sagte Kalle. Bevor Fisch antworten konnte, flog die Tür auf und Simone trat ein. Kalle und Fisch zuckten unwillkürlich zusammen.

„Was willst du?", fragte Kalle schroff.

„Ich grabe weiter. Aber nur, wenn ihr mich ab sofort in Ruhe lasst. Mich und Walter", sagte Simone ruhig. Fisch warf Kalle einen nervösen Blick zu.

„Heißt das …?", fing sie an zu sprechen. Aber ein Blick von Kalle genügte und sie schwieg. Sie wollte sagen: *Heißt das, Walter lebt …?*

„Ich hab kein Problem mit Walter. – Nie gehabt", sagte Kalle betont arglos.

Während Fisch ihre Erleichterung darüber, dass Walter noch lebte, nur schwer verbergen konnte, überspielte Kalle ihre kurzfristige Enttäuschung zynisch.

„Aber es freut mich, dass du weitergräbst. Ist gesünder. Besonders für Walter.“

Fisch beobachtete, wie Simone Kalle einige Sekunden lang voller Verachtung ansah. Dann drehte sie sich auf dem Absatz um und ging. Kalle wandte sich zu Fisch um und fluchte:

„Scheiße!!“

„Solange sie weitergräbt, kann uns doch egal sein, ob die Walter lebt“, sagte Fisch überzeugt. Kalle sah das ganz anders. Wütend rief sie:

„Du checkst mal wieder gar nichts. Jetzt fängt der Krieg erst richtig an!“ Fisch zuckte leicht zusammen. Kalle traute ihr schon wieder nichts zu. Sie behandelte sie wie eine dumme Leibeigene. Fisch fühlte sich nicht ernst genommen und das machte ihr zunehmend Bauchschmerzen.

16.

Kalle und Fisch waren wegen Walter ständig in Hab-Acht-Stellung. Walter konnte jeden Augenblick zum Gegenangriff ausholen …

Als sie gerade im Bad waren, wussten sie nicht, dass Walter bereits hinter dem Duschvorhang auf sie lauerte. Fisch hörte plötzlich ein Rascheln und spürte kurze Zeit später eine harte Faust, die sich in ihren Unterkiefer bohrte. Der Schmerz durchzuckte ihren Körper und löste eine gallige Übelkeit in ihr aus. Sie taumelte zurück und konnte sich gerade noch am Waschbeckenrand fest halten. Verschwommen sah sie, dass Kalle eine Schere aus ihrem Hosenbund zückte und damit drohend auf Walter zuging. Aber Walter war schneller. Mit einer kurzen Geraden schlug sie Kalle die Schere aus der Hand, die pfeilschnell durchs Bad schlitterte. Fisch folgte dem Weg bis zum Stillstand und nahm dann alle Kraft zusammen, um die Schere aufzugreifen. Mit erhobener Hand ging sie auf Walter los. Aber Walter packte Fischs Hand und drehte sie so lange nach hinten, bis sie die Waffe fallen ließ. Fisch fühlte alle Kraft aus ihren Gliedern weichen. Sie konnte nichts tun, immer war Walter schneller und stärker. Wie eine leblose Puppe klatschte sie durch Walters kraftvollen Schlag gegen die harte

Wand. Als ob ihr dabei das Rückgrat gebrochen worden wäre, sackte sie in sich zusammen. Sie sah mit halb geöffneten Augen, dass sich Walter die Schere schnappte und sie Kalle an den Hals hielt. Walters Gesicht war eine einzige, hasserfüllte Fratze. Fisch wollte aufstehen, aber ihr Körper gehorchte nicht. Sie konnte nur zuhören, wie Kalle um Gnade bettelte:

„Nicht! ... Walter, bitte mach kein Scheiß! ... Tu mir nichts! ... Bitte! ... Walter ..."

„Nur ein kleiner Schnitt ... wie man ein Schnitzel durchschneidet ... ganz einfach ...", sagte Walter tonlos. Dann fiel Fisch in Ohnmacht.

Als sie wieder aufwachte, fehlte ihr für einen Augenblick die Orientierung. Was war passiert? Sie sah sich um und entdeckte Kalle, die leblos auf dem Boden lag. Fisch durchfuhr ein riesiger Schreck. Sie erinnerte sich: Walter, die Schere. Was war mit Kalle? Auf allen Vieren schleppte sie sich mühsam zu ihr und tätschelte ihr die Wange.

„Bist du okay?", röchelte Fisch. Sie sah in Kalles glasige Augen. *Das muss der Schock sein*, dachte Fisch besorgt.

„Was hat die mit dir gemacht? Kalle? Sag doch was. Dieses verfluchte Miststück." Kalle war unfähig ein Wort herauszubringen.

Fisch hatte sich halb aufgerichtet und versuchte vergeblich, sie hochzuziehen. Ihr fehlte die Kraft und sie fühlte sich immer noch schwer benommen.

„Komm schon. Hilf mir. Wir müssen hier weg. Ich schaff das

nicht“, keuchte Fisch. In dem Moment wurde die Tür geöffnet und eine Beamtin steckte ihren Kopf herein.

Sie stutzte kurz, als sie Fisch und Kalle sah. Dann begriff sie und rief nach der Ärztin Kerstin Herzog.

Kalle musste mit Prellungen, Blutergüssen und Schürfwunden auf die Krankenstation, wollte aber auf eigenen Wunsch ziemlich bald wieder auf ihre Zelle zurück.

Fisch wurde von Frau Schnoor verhört, aber sie sagte keinen Ton von Walter und dem Kampf. Als Nancy von dem Vorfall hörte, war sie fassungslos vor Wut und wollte Walter in die Mangel nehmen, doch Fisch konnte sie gerade noch aufhalten. Während sie sich noch den Kopf darüber zerbrach, wie es jetzt mit Walter und ihnen weitergehen würde, ließ sich Walter von Simone zur Flucht überreden. Von dem Gedanken besessen, die Gang würde endlich durch den Tunnel abhauen, hatte Simone nämlich jede freie Sekunde genutzt, um den Weg in die Freiheit zu schaufeln. Jetzt war es so weit. Walter, die selbst geschockt war von ihrer Gewalttätigkeit gegen Kalle, stimmte zu. Sie hatte das bedrückende Gefühl, dass Reutlitz aus Menschen wilde Tiere machte. Mit Simones Rückendeckung floh sie bei der nächsten Gelegenheit durch den Tunnel.

Fisch brannte vor Wut über Walters Flucht. Auf dem Hof schnappte sie sich Simone, die mit anderen Frauen am Gitter stand.

„Du verdammte Mistsau!“, schrie Fisch. Simone wehrte sich und dann trennte Kalle die beiden.

„Fisch! Hör auf mit dem Scheiß!"

„Wegen ihr ist uns Walter durch die Lappen gegangen! Und wir haben hier Bullenparade", sagte Fisch und zeigte auf die Polizeiautos, die wegen Walter auf den Hof fuhren. Kalle kam ganz dicht an Fisch heran und sagte leise, aber bestimmt: „Hör auf."

Fisch warf Simone einen drohenden Blick zu, fügte sich aber. Sie zogen ab. Mit einigem Abstand stellte sich Fisch aufgebracht vor Nancy und Kalle.

„Sag mal, was soll das? Die Sau hat gegen uns gearbeitet. Die braucht 'ne Abreibung!"

„Wir haben was Wichtigeres zu tun", sagte Kalle mit gewohnt klarem Verstand. Sie wandte sich an Nancy. „Hast du den Gully markiert?"

Nancy nickte. Fisch fragte verständnislos: „Moment. Ich glaub, ich hab da irgendwas verpasst."

Kalle erklärte es ihr: „Den Gully am Ende des Tunnels. Nancy hat ihn mit Farbe markiert, damit Silvio ihn findet."

„Silvio?"

„Der holt uns mit dem Auto ab. Oder wolltest du draußen zur Bushaltestelle laufen?" Kalle grinste.

„Wir hauen ab? Wann?" Fisch war freudig perplex.

„Morgen Früh", erwiderte Kalle trocken. Sie hatte über Nancy herausbekommen, dass Simone mit dem Tunnel fertig war. Jetzt war ihr auch klar, wie Walter geflohen war. Es funktionierte also. Fisch fiel die Kinnlade hinunter. Das waren ja völlig neue Perspektiven. Als sie allerdings die Polizisten sah, die mit ihren Hunden die Mauer absuchten, wurde ihr ein wenig mulmig.

„Das ist doch Wahnsinn. Hier wimmelt's von Bullen."

„Wir müssen so schnell wie möglich hier weg", sagte Kalle fest.

„Wieso?" fragte Nancy, was Fisch auch nicht wirklich verstand.

Kalle legte Nancy geduldig den Arm um die Schulter. „Überleg doch mal. Früher oder später wird die Bullerei den Tunnel finden. Dann wird er dichtgemacht und wir sind angeschissen."

Fisch atmete tief durch. Kalle hatte leider Recht, darauf war sie in ihrer Aufregung gar nicht gekommen.

Kalle hatte auch schon einen Plan: Maja sollte ihnen bei der Flucht helfen. Erpressbar war sie nämlich immer noch.

„Wir können jederzeit zur Knastleitung gehen und dich melden. Deine Hasch-Plantage, die Drogen, die du für uns reingeschmuggelt hast – das nennt man, glaube ich, Amtsmissbrauch. Und wir haben Beweise, vergiss das nicht." Kalle grinste überlegen, als sie mit Maja sprach. Sie sollte die drei mit ihrem Schlüssel in die Gärtnerei schleusen. Nichts weiter. Der Rest ging auch ohne Maja: Ab in den Tunnel und durch den Gullydeckel nach draußen. So einfach war das. Der Plan war perfekt und mit Majas Hilfe auch durchführbar. Maja willigte notgedrungen ein und verlangte dafür ihr Handy zurück. Kalle versprach es scheinheilig.

Jetzt stand der Flucht nichts mehr im Weg. Es war so weit: Fisch kniete auf dem Boden in der Zelle und legte Streifen aus einer zerrissenen Decke aus. Sie tränkte sie mit Parfüm, das sie von Friederike geklaut hatte und legte eine Zündschnur vom Brandsatz bis zum Boden.

„Das gibt ’n hübschen lauten Knall“, freute sich Fisch. Ein gutes Ablenkungsmanöver für ihre Flucht.

Kalle und Nancy nahmen ein paar Sachen von Friederike, die sie als Brandbeschleuniger auf einen Haufen warfen. Nancy wirkte betrübt. Es fiel ihr schwer, Simone zu verlassen.

„Nicht mehr lange, und wir sind draußen“, munterte Kalle sie auf.

„Und was machen wir dann?“ Nancys Blick verriet Furcht. Fisch stand auf und gab einen verständnislosen Laut von sich: „Häh?“

„Du hast gesagt, wir gehen nicht in die Wohngemeinschaft zurück. Was machen wir dann?“, fragte Nancy.

„Wir sind auf der Flucht, Hirni. Wir müssen uns verstecken. Und jetzt mach weiter.“ Fisch ging Nancys Naivität immer mehr auf die Nerven. Sie nahm das Kopfkissen von Friederikes Bett und warf es zu den anderen Sachen. Doch Nancy stand immer noch ratlos da:

„Verstecken? Und wo?“

„Herrgott, irgendwo … das sehen wir dann!“ Fisch wurde langsam ungeduldig. Sie hatte auf dem Haufen eine Baseballkappe von Friederike entdeckt, setzte sie sich auf den Kopf und versteckte ihre Haare darunter. Kalle wandte sich derweil ruhig an ihre ängstliche Kusine.

„Bärchen. Wie wäre es, wenn wir ans Meer fahren!? Nach Portugal oder Spanien.“

Nancys Augen begannen zu leuchten.

„Oh ja. Im Meer möchte ich gerne baden." Fisch verdrehte die Augen, aber Kalle blieb ruhig und nickte Fisch zu. Das war ihr Startschuss.

Fisch legte mit dem Zippo Feuer an die Zündschnur, während Kalle Nancy aus der Zelle schob.

Ein Beamter schob Aufsicht an der Gitterschleuse, als Kalle, Fisch und Nancy eilig herankamen. Kalle bemühte sich um einen beiläufigen Tonfall:

„Können wir auf den Hof?" Der Beamte musterte die drei kurz. Kalle grinste schief.

„Mal raus hier. Frische Luft schnappen." Der Beamte nickte und schloss auf. Plötzlich fiel Fisch etwas mit Schrecken ein: Sie stieß Kalle an und flüsterte:

„Ich muss noch mal zurück."

„Was?" Kalles Stimme quietschte.

„Ich hab das Geld vergessen." Fisch sah in Kalles entsetztes Gesicht. Jetzt konnte sie wieder auf ihr rumhacken.

„Ich hol's schnell", sagte Fisch eifrig.

Kalle zischte: „Quatsch! Lass die Kohle ..."

Aber Fisch ließ sich nicht umstimmen. „Geht los, ich komm nach", sagte sie energisch und eilte zurück Richtung Zelle.

Kalle sah ihr sauer nach und fluchte unterdrückt.

Kalle und Nancy gingen auf dem Hof zielstrebig auf Maja zu.

„Gehen wir?", fragte die sichtlich nervös.

„Moment. Wir warten auf Fisch", sagte Kalle im Befehlston.

Als Fisch in die Zelle kam, hatten sich die Flammen ausgebreitet und sengten bereits die Haarspray-Flasche an. Sie stürmte zu ihrem Schrank, um das Geld zu holen. Der eingebaute doppelten Boden gab sich sperrig. Fisch zog daran, während die Flammen immer mehr um sich griffen. Sie spürte, wie der Rauch in ihrer Kehle zu kratzen begann. Sie hüstelte und wischte sich den leichten Schweiß von der Oberlippe.

Endlich hatte sie den Beutel mit ihren Habseligkeiten in den Händen. Als sie am Feuer vorbei wollte, hörte sie plötzlich einen großen Knall und wurde in derselben Sekunde von der Wucht zu Boden geschleudert. Sie spürte einen dumpfen Schmerz.

Fisch war buchstäblich benebelt. Sie schaffte es für einen Moment nicht aufzustehen. Als sie die Augen öffnete, sah sie das Foto neben sich, das sie als Kind neben ihrem Vater zeigte. Die Flammen machten es immer kleiner. Übrig blieb ein kleines Häufchen Asche. Fisch spürte trotz Atemnot und großer Angst einen traurigen Schmerz in der Brust.

Der Rauch wurde immer dichter. Fisch schüttelte sich mittlerweile heftig vor lauter Husten. Von irgendwoher hörte sie Sirenen heulen. Verdammt, dachte sie verzweifelt, *ich muss hier raus. Ich muss zu Kalle …* Sie konnte nicht sehen, dass es für ihre Flucht schon zu spät war. Sie würde nicht mehr unentdeckt aus der Zelle kommen.

Beamte hatten die Frauen in Gruppen zügig auf den Hof geführt. Neugierig starrten alle nach oben, zu dem Fenster, aus dem dicke Rauchwolken drangen. Kalle guckte angespannt in

Richtung Eingang des Stationsgebäudes. Sie wartete ungeduldig auf Fisch, aber sie kam nicht.

Fisch lag inzwischen bewusstlos am Boden, umgeben von wilden Flammen. Als ihr Ärmel Feuer fing, war sie plötzlich wieder hellwach. Sie löschte den Brand, indem sie immer wieder mit der flachen Hand draufschlug. Sie rappelte sich hustend auf und musste erkennen, dass das Feuer ihr den Weg zur Tür abgeschnitten hatte.

„Scheiße." Panisch überlegte sie, was zu tun war. Sie hielt sich ein Shirt vor den Mund, um dem beißenden Rauch zu entkommen. Allerdings mit wenig Erfolg. Fisch machte ein paar Schritte, doch in der Nähe des Feuers war es viel zu heiß. Schweiß brach an ihrem ganzen Körper aus und ihre Beine fingen an zu schlottern. Hektisch sah sie sich nach einer Möglichkeit um, aus der brennenden Zelle zu entkommen. Sie stürzte zum Fenster und riss es auf. Sie holte tief Luft und schrie mit kratziger Stimme so laut wie möglich durch die Gitterstäbe:

„Hilfe!!"

Die Frauen sahen erschrocken zum Fenster der Zelle 4, aus dem Fischs Arm herausragte. Nancy schlug entsetzt die Hand vor den Mund. Auch Kalle schluckte. Fisch drohte zu verbrennen ...

„Und die Schlusen? Warum tun die nichts?", rief sie aufgewühlt.

Maja wandte sich beschwörend an Kalle und Nancy. „Das wird nichts mit der Flucht. Sehen Sie's doch ein."

„Ich hab gesagt, du sollst die Klappe halten!“, sagte Kalle sauer. Maja schwieg erschrocken.

„Helft mir!“ rief Fisch mit letzter Kraft. Kalle atmete tief durch und machte eine Kopfbewegung.

„Wir gehen.“

Nancy starrte sie ungläubig an. „Und Fisch?“

„Wie lange sollen wir warten? Bis sie alle durchzählen?“, fragte Kalle gequält. Sie hätte Fisch auch gerne dabei gehabt, aber sollte sie dafür die Flucht sausen lassen? So weit ging ihre Loyalität nicht. Sie ging mit ernster Miene Richtung Gärtnerei. Maja und Nancy folgten ihr gehorsam. Niemand achtete auf sie, weil sich alle auf den Tumult um Fisch konzentrierten.

Die konnte schon gar nicht mehr rufen oder schreien. Der quälende Rauch hatte ihr die Stimme genommen. Sie jammerte nur noch vor sich hin. In Todespanik streckte sie ihre Arme durch die Gitterstäbe an die Luft.

„Helft mir doch ...“, wimmerte sie verzweifelt und schloss erschöpft die Augen.

Die Sirenen heulten immer noch als Maja, Kalle und Nancy in die Gärtnerei kamen. Kalle sah sich um.

„Und jetzt?“, fragte Maja ängstlich.

„Jetzt gibst du uns den Gärtnereischlüssel – dann darfst du gehen“, befahl ihr Kalle. Sie streckte die Hand aus.

Maja war irritiert: „Den Schlüssel?“

„Ganz genau.“ Kalles Blick war eisig.

„Was wollt ihr damit?“, fragte Maja ängstlich.

Kalle wurde langsam sauer. Es lief sowieso schon nicht alles nach Plan, da sollte wenigstens Maja keine dummen Fragen stellen.

„Das hier ist ’ne Erpressung, okay? Wir haben dich in der Hand, und deshalb tust du was wir sagen.“

Maja zögerte, dann nestelte sie den Gärtnereischlüssel vom Schlüsselbund …

„Ich krieg ’n Riesenärger!“

Kalle war das ziemlich egal. Sie machte eine Kopfbewegung Richtung Tür. „Und jetzt hau ab.“

„Moment. Was ist mit meinem Handy?“

Kalle und Nancy warfen sich einen Blick zu.

„Ich hab euch geholfen. Jetzt seid ihr dran.“

„Tut mir Leid, aber … das Handy war auf der Zelle – dürfte jetzt nur noch ein verkohlter Klumpen Plastik sein …“ Maja musterte Kalle fassungslos, doch Kalle blieb cool. „Hauptsache es ist weg, oder nicht?! Kannst also relaxen.“

Maja starrte Kalle wütend an, dann gab sie nach und ging hinaus. Kalle atmete durch und schloss von innen ab für den Fall, dass sie ihnen auf der Spur waren. Aber damit war auch für Fisch der Weg in die Freiheit versperrt …

Fisch wurde endlich gerettet. Ein Beamter und Kerstin Herzog brachten die hustende Fisch auf den Hof. Der Alarm war mittlerweile aus. Fisch hielt nach Kalle und Nancy Ausschau und wollte Kerstin loswerden.

„Es geht schon wieder“, sagte sie nachdrücklich. Sie machte sich los und fing an zu suchen. Die meisten Frauen musterten sie ohne Mitleid. Dann entdeckte Fisch Maja, die aus Richtung der Gärtnerei kam.

„Wo sind sie?“, fragte sie hoffnungsvoll. Maja antwortete nicht.

Fisch ahnte Böses. „Sie sind abgehauen? Ohne mich?“

Maja musterte Fisch mit einer Mischung aus Gleichgültigkeit und Besorgnis, sagte aber nichts.

„Die sind abgehauen“, sagte Fisch völlig fassungslos vor sich hin. Sie fühlte sich ohnehin geschwächt, aber jetzt bohrte sich noch ein wilder Schmerz der Enttäuschung durch ihr Inneres. *Die haben mich einfach hier sitzen lassen,* dachte sie aufgewühlt. *Das kann doch nicht sein, das muss ein Irrtum sein …* Sie schluckte schwer.

17.

Aber Kalles und Nancys Flucht scheiterte. In unmittelbarer Nähe vom Gully, ganz nah am Reutlitz-Haupttor, war zu viel Trubel. Eine Band, die eigentlich für Mikes und Mels Hochzeit gekommen war, musste wegen des Feueralarms vor den Toren warten. Sie sorgte mit Musik und ein paar Bierchen von Kittlers Imbiss für gute Stimmung. Silvio drückte sich stundenlang in seinem Auto in der Nähe des Gullys herum und wartete darauf, dass sich endlich der Deckel heben würde. Kittler hatte schon ein Auge auf ihn geworfen, weil Silvio erst kürzlich rassistische Sprüche über Kittlers Frau Ming Lhai gemacht hatte. Silvios Anwesenheit war ihm nicht geheuer.

Als die Band dann endlich abzog, war es so weit. Während Kalle beinahe mühelos aus dem Gully kletterte, mühte sich Nancy ab, blieb aber letztendlich stecken. Sie war einfach viel zu fett. Kittler war es, der die Flucht entdeckte und die beiden Konnopkes wieder einkassierte. Der Weg führte geradewegs nach Reutlitz zurück.

Nachdem in der Zelle das Feuer gelöscht war und sich alles etwas beruhigt hatte, musste Fisch bei Frau Schnoor zum Verhör antreten. Auf dem Weg dorthin spürte sie ihre wackligen

Beine und das Brennen einiger Brandverletzungen, das gleichmäßig von ihrem Körper ausstrahlte und zu einem einzigen Schmerz verschmolz. Sie wusste nicht, was sie mehr schockte: Kalles Treuebruch oder ihr Feuerkampf.

Sie saß Birgit Schnoor beinahe apathisch gegenüber und antwortete nicht auf die vielen Fragen, die auf sie einprasselten. Sie war maßlos enttäuscht über Kalles egoistische Flucht, aber sie wollte sich kein zweites Mal von Kalle Verrat vorwerfen lassen. Auch mit der Aussicht auf Strafmilderung blieb Fisch schweigsam.

Frau Schnoor seufzte und sagte mit ernster Mine: „Es sieht nicht gut für Sie aus: Nach Aussage Ihrer Zellengenossin Friederike Hardenberg haben Sie sich von ihr Kosmetika genommen. Allesamt leicht entflammbar. Die Untersuchung der Zelle wird ergeben, ob der Brand damit gelegt wurde. Falls sich das bestätigt, haben Sie das Leben der anderen Insassinnen, aber auch des Gefängnispersonals gefährdet. Im Klartext bedeutet das: Haftverlängerung."

Fisch sah Schnoor wie betäubt an. Ihre Kehle schnürte sich zu, ihr Mund wurde noch trockener, die Zunge fühlte sich an wie Leder. Tausend Dinge schossen ihr durch den Kopf, aber das was am Ende davon blieb, war ein bitteres Gefühl: *Kalle hat mich verarscht, sie hat mich benutzt, einen auf Familie gemacht. Dass ist nicht lache ... Ich hätte verrecken können, in den Flammen verbrennen ...* Bei dem Gedanken daran konnte sie den ätzenden Rauch wieder riechen. Er kratzte gnadenlos in ihrem Hals. Ihr wurde plötzlich heiß, als ob die Flammen dicht neben ihr lodern würden. Sie musste husten und wollte nach einem

Glas Wasser fragen, aber sie konnte nicht sprechen. Ihre Schultern bebten vor lauter Husten. Sie hielt sich die Hand auf die schmerzende Brust. Dann wurde ihr schwarz vor Augen. Sie war ohnmächtig zusammengebrochen und wurde wegen einer Rauchvergiftung auf die Krankenstation eingeliefert.

Kalle und Nancy wanderten geradewegs in Isohaft. Nancy drehte fast durch in dieser Einsamkeit. Sie trat gegen die Tür und schrie, bis ihr Kopf ganz heiß wurde. Nur als sie verhört wurde, saß sie schweigend da, stierte auf die Erde und zuckte mit den Schultern. Aber die Gefängnisleitung unternahm alles, um Licht in das Dunkel der Ereignisse zu bringen. Erst Walters Flucht, dann die Konnopke-Flucht, der Brand in der Zelle … Was war los in Reutlitz? Immer wieder verhörten sie Kalle, Nancy und Simone. Fisch war fürs Erste nicht ansprechbar.

Kalle gab sich wie immer cool und tischte eine Lüge nach der anderen auf. Sie sagte ohne Skrupel aus, dass Simone Nancy zum Tunnelbau angestiftet hätte. Den Schlüssel zur Gärtnerei hätte sie gefunden. Sie nutzte jedes Mittel, um ihren Hals zu retten.

Simone leugnete heftig, den Tunnel gegraben zu haben. Sie fürchtete immer noch um ihren Versetzungsantrag nach München. Die Gang hatte sie zwar erpresst, aber das war nur die halbe Wahrheit. Immerhin war Walter mit ihrer Hilfe getürmt.

Kalle lag gelangweilt auf ihrer Pritsche. Als sie Schlüsselgeräusche an der Tür hörte, setzte sie sich auf. Maja kam mit einem Essenstablett herein.

„Schön, dass du dich auch mal blicken lässt, Fidschi.“ Kalle kommandierte selbst in der Isozelle noch herum. Aber sie wusste auch warum …

Maja lehnte die Tür an und knallte sauer das Tablett auf den Tisch.

„Sag mal – habt ihr sie noch alle?! Ihr lasst euch schnappen?! Und dann auch noch von dem Idioten Kittler?!“

„Bleib locker. Das nächste Mal klappt's“, sagte Kalle ruhig.

„Das nächste Mal?! Kapierst du nicht, was los ist?! Jansen macht hier eine Riesenwelle. Ich kann froh sein, dass er mir die Sache mit dem Schlüssel abkauft!“ Majas Stimme quietschte.

„Was regst du dich dann auf?!“

„Für mich war's das. Ich bin euch nichts mehr schuldig“, sagte Maja entschlossen und zupfte sich unsicher die Uniform zurecht. Kalle lachte überlegen und Maja kämpfte weiter: „Ich lass mich nicht mehr erpressen. Das Handy ist beim Brand draufgegangen. Ihr habt nichts mehr gegen mich in der Hand.“

„Wie niedlich. Glaubst du, ich hab deine Dope-Geschäfte nur auf der Mailbox gespeichert?!“

Maja blickte Kalle entsetzt an.

„Das Telefonat hat Silvio längst auf Kassette überspielt. Wenn das beim Herrn Direktor landet, oder bei der Polizei … Knast kriegste auf alle Fälle.“ Kalle lächelte Maja siegessicher an. Das Spiel war noch nicht vorbei.

„Was willst du?“, fragte Maja geschlagen.

„Jansen kann mich nicht ewig wegsperren und dann brauch ich was zum Dealen.“

Maja schüttelte den Kopf. „Das ist zu riskant!“

„Silvio gibt dir das Zeug und du bringst es rein. Ende der Ansage." Kalles Augen blitzten. Maja sah Kalle verzweifelt an. Sie hatte keine Chance gegen ihre Erpressungen.

„Ach, ja – ich brauch 'nen Stift und Papier. Ich muss Nancy was schreiben, sonst dreht die noch komplett durch."

Maja nickte und verließ gedeckelt die Zelle. Sie erfüllte Kalles Wunsch umgehend, aber zähneknirschend.

Kalle hatte wieder alles im Griff: Maja schmuggelte weiter Drogen nach Reutlitz und sie selbst brachte Jansens Familienleben mit Telefonterror heftig durcheinander. Er war ihr mit seiner Fragerei über den Tunnel und die Flucht lästig geworden und störte die Drogengeschäfte. Sie wollte ihn eine Weile mit anderen Dingen in Atem halten.

Jansen hatte keine Ahnung, dass Kalle hinter den Telefonattacken steckte. Er wusste schließlich nichts von Majas Handy. Kalle lachte sich ins Fäustchen. Sie war zwar in der Isozelle, aber alles funktionierte nach ihren Vorstellungen. Und wenn es mal nicht passte, dann wurde es eben passend gemacht – mit allen Mitteln.

Als Maja von Kittler mit Drogen erwischt wurde, vertraute sie sich ihm in ihrer großen Not an. Sie war völlig baff, als er ihr seine Hilfe versprach. So hilfsbereit hatte sie ihn selten erlebt.

Er setzte sich bei Kalle unerschrocken durch. Jansen hatte mittlerweile über eine Fangschaltung herausbekommen, dass die Anrufe über Majas Handy kamen. Wollte sich Maja rächen, nur weil er nach der Affäre damals nichts mehr von ihr wissen wollte? Maja hatte große Not, Hendrik vom Gegenteil zu überzeugen. Er glaubte ihr irgendwann die Geschichte vom Diebstahl. Bei einer Zellenfilze fand Kittler bei Kalle das Handy, das Jansen in ganz Reutlitz suchen ließ. Aber zu früh gefreut ...

Kurz danach flog Kittlers Imbiss durch einen Molotowcocktail in die Luft. Kalles Art, ihre Macht zu demonstrieren, wurde immer grausamer. Sie hatte Silvio mit dem Attentat beauftragt.

Zum Glück blieben Kittlers Frau und sein Sohn unversehrt, aber die Warnung saß. Kittler konnte Maja nicht mehr helfen. Das nächste Mal würde seine Familie wahrscheinlich draufgehen. Unter keinen Umständen wollte er das riskieren. Er gab Kalle das Handy wieder. Maja stand jetzt wieder alleine da. Sie steckte finanziell in der Klemme und das zwang sie zu weiteren Deals mit Kalle. Immerhin verdiente sie jetzt etwas dabei und konnte ihren Schuldenberg abarbeiten.

Hendrik Jansen versuchte bei Kalle immer wieder die Wahrheit über die Flucht und den Tunnel herauszubekommen. Simone hatte ihm endlich dann doch gestanden, dass sie von Kalle und Nancy gezwungen worden war, den Tunnel zu graben. Kalle drohte ihm mit Angriffen auf die Gesundheit seiner Familie. Aber Jansen ließ sich nicht einschüchtern. Regelmäßig besuchte er sie in der Isozelle:

„Noch hat Ihre Kusine nicht ausgesagt. Aber ich glaube, die Isohaft macht ihr schwer zu schaffen. Und es liegt in meinem Ermessen, ob sie da bleibt oder in den Bunker geht.“ Jansen lachte spöttisch und fügte hinzu: „Sie wissen ja, wie ängstlich Ihr *Bärchen* im Dunkeln ist ..."

Kalle funkelte Hendrik wütend an und sprang auf. „Du Schwein ...!"

Nancy war Kalles einziger wunder Punkt. Ihr durfte nichts passieren. Sie gab Nancy Anweisungen über Briefe, die sie von Kittler und Maja transportieren ließ.

Über ein Ortungsgerät wusste Hendrik jetzt endlich, dass Kalle das Handy versteckt hielt. Er marschierte schnurstracks auf die Zelle und forderte es ein. Aber Kalle zierte sich und provozierte ihn so lange, bis ihr Hendrik vor lauter Wut eine heftige Ohrfeige verpasste. Kalle versuchte sich zu wehren, aber Hendrik war stärker. Er presste Kalle grob gegen die Wand und durchsuchte sie nach dem Handy. Maja stand plötzlich im Türrahmen und mahnte: „Hendrik, hör auf!"

Hendrik lockerte dabei kurz seinen Griff. Kalle nutzte die Ablenkung und biss ihm kräftig in die Hand.

„Ahh ...!" Hendrik drehte sich zu Kalle und gab ihr einen kräftigen Schlag in die Magengrube. Sie sackte zusammen.

„Lass mich los, du Schwein!", röchelte sie.

Maja stürzte zu den beiden: „Bist du verrückt geworden?" Sie zog Hendrik von Kalle weg, die sich vor Schmerzen auf dem Fußboden krümmte. Hendrik atmete schwer. Schweißperlen standen auf seiner Stirn. Er ließ von Kalle ab. Immerhin hatte er, was er wollte. Das Handy steckte in Kalles Hosenbund. Jetzt war endlich Schluss mit dem Telefonterror.

Aber Kalle würgte ihm zu guter Letzt noch eine Gemeinheit rein. Maja sollte aussagen, dass Hendrik sie vergewaltigt habe, sonst würde es Kittler richtig schlecht ergehen. Maja steckte inzwischen viel zu tief drin, um Kalle nicht zu gehorchen. Sie sagte bei Birgit Schnoor aus, dass sie eine Vergewaltigung nicht ausschließen könne ... Hendrik musste seine Sachen packen, Dr. Strauss wurde sein Nachfolger als Anstaltsleiter. Jansen war erst einmal vom Dienst suspendiert. Seine Frau wollte ihn auch nicht mehr sehen. Hendrik Jansen war erledigt und es gab jemanden, der darauf auch noch stolz war: Kalle.

Nancy wurde halb verrückt in der Isozelle. Sie konnte es nicht ertragen, alleine eingesperrt zu sein. Immer wieder schrie sie um Hilfe und nach Simone. Kerstin verpasste ihr eine Beruhigungsspritze und veranlasste, Nancy wieder auf die Zelle zurückzuverlegen. Es hatte absolut keinen Zweck, sie alleine einzusperren. Auch wenn sie immer wieder nach Simone rief, war sie Kalle absolut hörig. Sie sagte aus, dass Simone sie zum Tunnelbau gezwungen hätte. Bei Birgit Schnoor stand es jetzt Aussage gegen Aussage und damit war Simones Verlegungsantrag erst einmal abgelehnt. Verzweifelt versuchte sie Nancy zu überreden, ihre Aussage zu widerrufen. Nancy steckte in einem Dilemma und fragte Kalle durch die Zellentür sogar um Erlaubnis.

„Hör zu! Du hast deine Aussage gemacht und dabei bleibt es!“, sagte Kalle streng durch die Tür hindurch. Sie duldete keine Götter neben sich. Simone sollte keinen Einfluss auf

Nancy haben und Kalle manipulierte ihre Kusine vor lauter Eifersucht.

„Mach keinen Quatsch, Bärchen! *Wir* sind doch eine Familie! Und wir müssen jetzt zusammenhalten. Okay?"

Nancy litt ungeheuerlich unter dem Gezerre zwischen Simone und Kalle. Das ging sogar so weit, dass sie sich selbst verletzte. Zu allem Übel nahmen sie die Frauen, die auf die Gang wütend waren, gehörig in die Mangel. Simone sah dabei zu und half ihr nicht. Das war ein gefundenes Fressen für Kalle.

„Ich hab dir immer gesagt, sie ist nicht deine Freundin. Aber ich, ich halte zu dir! Ich mach sie alle fertig, wenn ich raus bin, das schwöre ich dir!"

Simone versuchte parallel dazu verzweifelt, Nancy für sich zu gewinnen. Aber am Ende zog sie den Kürzeren. Bei einem Gerangel zwischen ihnen fiel Nancy so unglücklich, dass sie sich die Hand brach. Nancy verpfiff Simone zunächst nicht. Aber nach Kalles Gehirnwäsche sagte Nancy irgendwann aus, dass Simone ihr immer und immer wieder wehgetan hätte. Für Schnoor war die Lage jetzt eindeutig: Simone hatte Nancy mit Gewalt zum Tunnelbau angestiftet. Dafür gab es nur eine Lösung: Simone musste auf die C, in den Hochsicherheitstrakt. Das war Höchststrafe. Das war die Hölle: Isolationshaft, Essen auf dem Flur, keine persönlichen Gegenstände.

Kalle war damit wieder auf freiem Fuß und dealte wieder fleißig. Wenig später hatte auch Fisch ihre Rauchvergiftung überstanden. Andy Wagner brachte sie von der Krankenstation zurück auf die B. Sie sah von weitem Nancy und Kalle auf der

Treppe herumlungern. Ihre Augen verengten sich zu Schlitzen. Enttäuschung und Wut saßen immer noch in der Magengrube.

„Kalle, Fisch ist wieder da!", hörte sie Nancy rufen.

Kalle lächelte schief. „Ich seh's ..."

Nancy ging Fisch entgegen und umarmte sie überschwänglich. Fisch machte sich mit einem kühlen Lächeln frei und setzte ihren Weg in die Zelle fort. Sie würdigte Kalle keines Blickes. Fisch packte ihre Sachen in ihren Schrank und ignoriert dabei geflissentlich Kalle, die seelenruhig am Tisch saß, rauchte und sie beobachtete. Nancy war gut gelaunt.

„Nun sag schon, Fisch! Wie geht's dir? Was macht die Rauchvergiftung?"

„Ich hab's überlebt ...", sagte sie tonlos.

„Es ist gut, dass du wieder am Start bist. Wir haben Geschäfte." Kalle umschiffte die unangenehmen Themen. Fisch schoss das Blut in den Kopf über so viel Ignoranz. Sie drehte sich sauer um.

„Wir?! – Das Letzte, was ich weiß, ist, dass ich in der brennenden Zelle saß, während ihr abhauen wolltet."

„Nein, so war das nicht, Fisch. Wir wollten zusammen abhauen, aber ..."

Kalle unterbrach Nancy scharf: „Nancy!" Ruhiger sagte sie zu Fisch: „Was können wir dafür, dass du so dämlich bist und das Geld vergisst? ... Hey, wir haben's auch nicht geschafft, okay?" Kalle drehte den Spieß einfach um.

„Du hast wenigstens keinen Fluchtversuch in deiner Akte." Kalle legte besänftigend den Kopf schräg und streckte Fisch die Hand entgegen. „Komm schon: Partner. … So wie früher." Kalles Stimme hatte etwas Warmes, das Fisch gut tat. Sie überlegte kurz und nicht ohne Kalkül.

„Okay, aber nicht so wie früher. Fifty-fifty. Oder gar nichts." Ihre Stimme war fest. Sie wusste, dass Kalle ihr etwas schuldete. Kalles Ausdruck verfinsterte sich für einen Moment. Dann lächelte sie wieder. „Klar."

Die beiden gaben sich die Hand. Nancy legte ebenfalls freudig ihre Hände darauf.

„Wie in alten Zeiten." Oberflächlich war alles wieder perfekt.

18.

Der Drogendeal musste wieder zum Laufen gebracht werden, aber Maja gab sich aufsässig. Sie wollte nichts mehr nach Reutlitz reinschmuggeln.

Kittler sollte nachhelfen und Maja gefügig machen. Die Gang drohte ihm, seinem Imbiss sonst noch einmal einzuheizen. Maja willigte nicht zuletzt auch deshalb ein. Außerdem war sie immer noch ziemlich klamm. Zur Strafe für ihr Geziere gab es allerdings weniger Geld.

Kalle und Fisch hockten mit der ersten Lieferung in der Nasszelle. Die Tür ihrer Zelle war durch einen Bademantelgürtel, der Türknauf und Bettgestell miteinander verband, verriegelt. Sicher war sicher. Immerhin lag vor ihnen eine ganze Menge Koks. Einen Teil davon hatten sie schon in kleine Tütchen verpackt.

„Siehst du. Die ganze Panik wegen nichts. Die Brehme hat gespurt." Fisch war zufrieden wie ein Goldgräber.

„Sieht so aus ...", sagte Kalle etwas skeptisch.

Fisch nahm sich etwas Koks auf den Finger und zog es sich ins Nasenloch.

„Hey, das Zeug ist teuer!", schnauzte Kalle, aber Fisch grinste nur.

Plötzlich hörten sie ein lautes Klopfen an der Zellentür. Kalle und Fisch schauten sich mit großen Augen an.

„Aufmachen! Wieso ist hier zu?!", hörten sie die strenge Stimme von Schiller. Fisch war für einen Moment vor lauter Schreck völlig bewegungsunfähig. Kalle sah auch ziemlich entsetzt aus.

„Scheiße!", raunten sie beide wie aus einem Mund. Wie vom Blitz getroffen, kehrte Kalle schnell das Zeug zusammen.

„Geh raus und halt sie hin. Schnell!", zischte sie. Fisch nickte und rannte zur Tür. Kalle schloss die Tür der Nasszelle.

„Moment! Ich bin nicht angezogen!", rief Fisch genervt.

„Das ist mir egal. Sie machen jetzt sofort auf!", hörte sie eine donnernde Stimme.

„Gleich! Ich zieh mir nur noch schnell was an!" Sie stand vor der Tür und strich sich nervös die rote Strähne aus dem Gesicht. Sie überlegte krampfhaft, was sie noch tun könnte.

„Frau Fischer! ... Sofort!"

Fisch schoss das Adrenalin durch die Adern. Sie schaute panisch zur Tür und dann zur Nasszelle. Aber von Kalle kam noch kein Zeichen. *Verdammt*, dachte sie von Angst gepackt. Die Zeit lief gegen sie. Hektisch zog sie sich ihr T-Shirt und die Hose aus. Draußen zog jemand an der Tür, dass sich innen der Gürtel bedrohlich lockerte.

„Kalle?!", rief Fisch mit gedämpfter Stimme. Immer noch keine Antwort. Der Gürtel wackelte heftiger.

„Scheiße", stieß Fisch unterdrückt aus. Nach einem Moment zog Fisch den Gürtel vom Knauf und Schiller und ein weiterer Schließer polterten in die Zelle.

„Frau Fischer … Was soll das, verdammt noch mal?!"

Fisch guckte in zwei erhitzte Gesichter. Schiller sah den Bademantelgürtel am Bettgestell baumeln, nahm ihn in die Hand und warf Fisch einen tadelnden Blick zu.

„Ich wollte mich nur mal in Ruhe umziehen. Ist das so schlimm?" Fisch musste sich ziemlich bemühen, ihre aufgeregte Stimme unter Kontrolle zu halten.

„Wo ist Frau Konnopke?"

„Was ist denn überhaupt los?", lenkte Fisch ab.

„Haftraumkontrolle. Sie sagen mir jetzt, wo Frau Konnopke ist."

Fisch blickte automatisch zur Nasszelle und verriet sich damit. Schiller ging stracks darauf zu und versuchte die Tür zu öffnen. Vergebens …

„Also jetzt reicht's aber! Frau Konnopke! Machen Sie sofort auf, sonst gibt es Bunker!" Nach einem Moment hörte man die Toilettenspülung von innen und Kalle kam raus. „Nicht mal in Ruhe pissen kann man …"

Schiller verschwand in der Nasszelle. Fisch warf Kalle einen fragenden Blick zu. Aber sie konnte nichts in ihren Augen lesen. Pokerface.

Mit hartem Griff wurden Kalle und Fisch vor die Zelle geschubst. Der Schließer ging wieder zurück. Er wollte in Ruhe die Zelle filzen.

„Lass die Finger von meiner Wäsche, du Perversling! … Du findest eh nichts!", johlte ihm Kalle hinterher. Er warf Fisch ein paar Klamotten vor die Füße.

„Ziehen Sie sich was über."

Fisch hob die Sachen auf und warf Kalle dabei einen fragenden Blick zu. Kalle schüttelte frustriert den Kopf. Sie machte die Klozieh-Bewegung plus Spülgeräusch.

„Nein …“

„Was sollte ich machen?“ Kalle guckte seltsam ungerührt. Es war nicht ihre Art, Niederlagen zu bejammern.

„Scheiße! Wir haben ein Problem.“ Fisch warf einen mulmigen Blick zu Gerda, die die Aktion mit ein paar anderen Insassinnen aus der Entfernung verfolgte. Kalle sah Maja eilig auf die Station kommen und tippte Fisch an. „Der Fidschi … Du hattest Recht …“

Fisch nickte finster. *Die Alte hat uns verpfiffen*, dachte sie voller Zorn. Maja kam an ihnen vorbei und raunte: „Haben sie was gefunden?“

„Nein … werden sie auch nicht.“

„Gut“, sagte Maja erleichtert.

„Das Zeug ist das Klo runter … und du steckst in der Scheiße!“

„Ich? Wieso ich? Ich habe Strauss nichts erzählt! Wirklich! Das war seine Idee. Der Jansen hat ihn draufgebracht.“

Hendrik musste sich immer noch wegen des Vergewaltigungsvorwurfs rechtfertigen und er nahm Maja in die Mangel. Dabei kamen noch weitere Dinge zum Vorschein: Majas Handy, mit dem Kalle seine Familie terrorisiert hatte, der angeblich geklaute Schlüssel zur Gärtnerei und Majas Drogenschmuggel für die Gang. Das alles hatte sie Hendrik unter seinem Druck gestanden …

„Immer der Jansen." Fisch glaubte Maja kein Wort.

Maja nahm etwas Abstand von Kalle und Fisch, als ihre beiden Kollegen aus der Zelle kamen. Sie hatten nichts gefunden, aber irgendetwas war faul.

„Los, mitkommen. – Leibesvisitation." Der Ton war militärisch. Kalle warf Maja einen finsteren Blick zu.

Aber die Schließer fanden natürlich nichts. Hendriks Aussagen verpufften in der Luft. Er blieb weiter suspendiert. Strauss traute den Konnopkes zwar zu, dass sie Hendrik eine Falle gestellt hatten, um in Ruhe ihre Drogengeschäfte abzuwickeln. Aber er hatte keine Beweise ...

Am selben Abend krallte sich Silvio Maja in ihrer Wohnung. Mit einem schönen Gruß von Kalle und Fisch. Ein Denkzettel, der sich gewaschen hatte.

„Fidschi-Sau, Verräter-Schwein", beschimpfte er sie und trat auf sie ein, bis sie nicht mehr Piep sagen konnte. Maja war am Ende ihrer Kräfte. Sie sah nur einen Ausweg: Sie musste ihr Gewissen bei Strauss erleichtern. Der Sumpf, in dem sie steckte, drohte sie zu verschlingen.

Strauss hörte sich alles kopfschüttelnd an. Er hatte es jetzt schwarz auf weiß: Die Gang war gemeingefährlich, er musste etwas unternehmen und bat Kittler um Hilfe. Bis alles zweifelsfrei geklärt war, steckte er Kalle in Isohaft.

Jetzt hatte Fisch ein Problem. Sie war allein unter zornigen Frauen, die für den Stoff schon Geld locker gemacht hatten. Nur leider blieb die Lieferung aus. Nachts in der Zelle schubsten Gerda und zwei weitere Insassinnen Fisch zwischen sich hin und her.

„Von wegen Lieferung. … Kalle sitzt in Isohaft. … Ihr habt gar nichts!“, zischte Gerda.

„Ich regle das! … Verlasst euch drauf!“ Fisch hätte in diesem Moment alles versprochen. Sie hatte keinen blassen Schimmer wie sie das regeln sollte, aber sie saß gefährlich in der Klemme. Ohne großen Widerstand ließ sie sich weiter schubsen.

„Bis morgen! … Ist das klar? … Ist das klar?!“ Gerda war stinkwütend.

„Ja!“, hauchte Fisch.

Die Tür ging auf. Es war Kittler. Die Frauen ließen von Fisch ab und verteilten sich harmlos im Raum.

„Was ist hier los?!“

„Nichts … Nur ein kleiner Hausbesuch“, grinste Gerda. Drohend zu Fisch: „Bis dann!“

Fisch atmete durch.

„Scheiße, Mann! Die machen mich fertig! – Was ist mit Kalle?!“

„Ich weiß nicht … Glaubst du, Strauss erzählt mir was?! – Hör zu, ich hol die Drogen rein!“ Kittler tat unschuldig.

„Ach?! Echt? – So plötzlich?“ Fisch war ziemlich verwundert. Kittler schaute sich nervös um.

„Nur wenn Silvio Maja in Ruhe lässt. Die ist völlig fertig. Die will auspacken!“

„Und das wär schlecht für dich …“ Kittler nickte.

„Also – ich schmuggle das Zeug und dann ist Schluss! Okay?“

Fisch fixierte Kittler skeptisch. Er sah ziemlich mitgenommen aus.

„Verarsch mich nicht!“, zischte Fisch.

Kittlers Augen flackerten. „Bin ich blöd? Dann bin ich selber dran!“

„Okay … die Übergabe macht ihr am Imbisswagen.“

Kittler schluckte. „Nee … Wieso gerade da?“

„Wenn was schief läuft, sind als Erstes die Schlitzaugen dran. Kapiert?“ Fisch war stolz auf ihre gute Idee. Würde schon alles glatt laufen. Kittler nickte eingeschüchtert. Sein Angstschweiß auf der Stirn stimmte Fisch zuversichtlich.

Die Übergabe erfolgte vor dem Reutlitzer Eingangstor in einem Autowrack. Silvio drohte Kittler zur Abschreckung mit einem Messer. Er piekste ihn kurz damit und zog dann ein Päckchen hervor.

„Hier … Das gibst du brav bei Fisch ab.“ Er warf das Päckchen Kittler zu – der es kurzerhand zurückwarf. Silvio guckte irritiert. Plötzlich ging alles ganz schnell. Während Kittler von dem Autowrack weghechtete, stürzten von allen Seiten Kripobeamte mit gezogenen Waffen hervor. Silvio ließ das Päckchen fallen und zog das Messer. Aber es war zu spät. Silvio war überwältigt. Reingelegt. Das Spiel hatte ein Ende. Fisch und Kalles verlängerter Arm nach draußen war abgeschnitten …

Strauss und Kittler hatten diesen Plan ausgeklügelt. Bei der Gang half keine Therapie und kein Bunker. Man musste sie mit ihren eigenen Mitteln schlagen. Maja hatte riesiges Glück. Strauss meldete zwar die Falschaussage gegen Hendrik Jansen, aber den Drogenschmuggel verschwieg er. Sie konnte weiter in Reutlitz arbeiten. Jansen bekam zwar nicht seinen Job als Direktor wieder, aber er wurde Stationsleiter.

Fisch fühlte sich schwach und ohnmächtig. Sie war jetzt komplett auf sich gestellt. Kalle war nicht da, Nancy zu blöd, die Frauen wütend wie Raubtiere. Sie hatte keinen blassen Schimmer, wie sie da wieder rauskommen sollte ... Ihr Kopf war leer und auf einmal spürte sie ihre Seele zucken. Ein Bedürfnis nach Wärme. Fast automatisch ging sie zum Telefon und wählte zögerlich eine ihr bekannte Nummer ... Als es tutete, fing ihr Herz an zu klopfen.

„Fischer ... Hallo? ... Wer ist denn da?“ Es war die Stimme ihres Vaters. Fisch bewegte die Lippen, ohne dass ein Ton herauskam.

„Hallo?“, hörte sie ihn nachdrücklich fragen. Eilig hängte sie den Hörer wieder ein.

Sie atmete durch und blieb einen Moment am Telefon stehen. *Ob er weiß, dass ich es war?*, fragte sie sich. *Wie geht es ihm wohl nach dem Herzinfarkt? Ist er enttäuscht, dass ich mich so lange nicht gemeldet habe? Wie lange ist das eigentlich her? Eine Ewigkeit ...* Tausend Fragen und keine Antworten. Irgendwann vielleicht. Hoffentlich.

Dann wollte sie zurück zur Zelle. Auf Höhe des Kickers fühlte sie eine harte Hand, die sie packte. Es war Gerda und ihre Truppe. Sie imitierte Fischs ängstlichen Ton:

„Wenn Kalle aus der Isohaft kommt. Ich schwör's dir, Gerda! Dann gibt's den Stoff oder die Kohle zurück." Fisch atmete gestresst durch.

„Ja ... ich weiß."

„Und man erzählt sich, sie kommt heute raus." Ohne den Blick von Fisch zu nehmen: „Ist doch so, oder?" Die Frauen nickten.

„Ich ... habe Kalle noch nicht gesprochen – wahrscheinlich muss der Doc sie erst checken bevor sie raus darf ..." Fisch war nervös. Aber Gerda behielt Recht. Strauss entließ Kalle. Er konnte ihr den Drogenhandel nicht nachweisen. Gleichzeitig schützte er damit auch Maja.

Fisch sah Kalle auf der Treppe im Flur sitzen. Selten hatte sie sich so über ihren Anblick gefreut. Eilig steuerte sie Kalle an und fiel über Gerdas ausgestreckten Billardqueue. Fisch klatschte der Länge nach aufs Linoleum.

„Alles in Ordnung?", fragte Kittler misstrauisch. Gerda half der verängstigten Fisch scheinheilig hilfsbereit auf.

„Sie ist gestolpert. Aber es geht schon wieder, oder?" Gerda klopfte Fisch den Staub von den Klamotten. Fisch lächelte gezwungen und setzte ihren Weg fort. Im Hintergrund hörte sie Gerda noch zu Ariane sagen:

„Schulden die beiden dir auch was?"

Fisch war ziemlich mulmig zu Mute. Aber Kalle hatte bestimmt eine Idee. Falsch gedacht. Kalle ging gar nicht auf Fischs Sorgen ein, die ja auch eigentlich ihre Sorgen waren ... Sie tat so, als wären die Schulden nur Fischs Problem.

„Oh bitte, Fisch. Ich hab jetzt echt keinen Nerv für so was. Ich komm grad aus der Schatulle ..."

Fisch unterbrach sie: „Da warst du wenigstens vor Gerda und ihren Pitbulls sicher. Weißt du, was die mir hier für ein Feuer unterm Arsch machen?!"

„Bisher hast du es doch auch alleine geschafft. Halt sie einfach noch ein bisschen hin!" Kalle stand von der Treppe auf und ging in Richtung Gruppenraum. Fisch konnte ihr nur noch blöd hinterherschauen. Kalle hatte sie einfach abserviert. Wut und Enttäuschung durchzuckten Fisch. Das Gefühl kannte sie. War ja schließlich nicht das erste Mal. *Familie*, dachte Fisch bitter. *Ich scheiß bald auf Familie ...*

Zu allem Übel bekam sie wenig später auch noch eine kleine Horrorbotschaft. Gerda ließ grüßen. Auf einem weißen Handtuch stand mit dunkelroter Flüssigkeit: *Ihr seid tod.* Fisch rannte damit sofort zu Kalle. Vielleicht würde es dann endlich bei ihr klingeln. Aber Kalle trank gelassen Kaffee.

„Die soll erst mal schreiben lernen."

„Gerda braucht kein ABC um uns kaltzumachen! Wir müssen was unternehmen", sagte Fisch dringlich.

„Ich darf mir im Moment nichts leisten. Sonst bin ich dran!", gab Kalle ungerührt von sich. Fisch sah mulmig zu Gerda, die am Billardtisch mit ihren Schergen redete.

„Ja, Isohaft! Wenn ich dran bin, war's das!" Kalle folgte Fischs Blick.

„Die sehen doch ganz friedlich aus." Gerda fing Fischs Blick auf und schlug dabei drohend den Queue in ihre Handfläche.

„Die beruhigen sich schon, wenn sie die Kohle haben", sagte Kalle lakonisch.

Fisch schöpfte Hoffnung. „Hast du was in Aussicht?!"

„Nee. Aber mir fällt schon was ein." Kalles Ton war müde. Fisch war hingegen hellwach.

„Toll ...!" rief sie ironisch. Kalle zuckte noch nicht mal mit der Wimper. Ihr Blick blieb vielmehr an Nancy hängen, die vor dem Aquarium stand und Kittler ein Bild entgegenhielt.

„Falten Sie 'nen Flieger draus, knüllen Sie's zusammen und spielen Sie damit Fußball. Die Bach kriegt das nicht auf die C!", sagte Kittler genervt. Ariane kam aus Richtung Billardtisch und schnauzte Nancy an:

„Bist du taub, Elefantenmädchen?" Ariane riss Nancy das Bild aus der Hand und knüllte es zusammen.

Mit Blick zu Ariane stieß Kalle Fisch an. „Die soll sich bei Nancy entschuldigen."

„Sag du es ihr!" Fisch hatte keine Lust, Nancy zu verteidigen. Das Motto *Eine Hand wäscht die andere* kannte Kalle nämlich nicht.

„Ich bin kalt gestellt! Los Fisch, du kannst mich doch nicht im Stich lassen."

Fisch sah Kalle verbissen an. „Scheißgefühl, oder ...?!", sagte sie spitz.

Kalle starrte Fisch einen Moment wütend an. Dann ging sie zum Flipper und verpasste Ariane eben selbst einen Deckel.

Kurz danach bot Ariane Fisch einen Deal an, den sie nicht abschlagen konnte. Fisch sollte sie für Geld verprügeln. Später würde sie erzählen, dass Strauss sie so zugerichtet hätte. Damit wollte Ariane Strauss eins auswischen, mit dem sie noch eine alte Rechnung offen hatte.

Gesagt, getan. Fäuste trafen bei Fisch immer gut. Und wenn es noch für Kohle war, machte es sogar richtig Spaß.

Fisch beobachtete aus der Entfernung, wie Ariane von den Frauen auf dem Flur begrüßt wurde: Einige klatschten, andere machten das Daumen-runter-Zeichen.

Ariane genoss ihren Auftritt trotzdem.

Aus dem Augenwinkel heraus sah Fisch Kalle auf sich zukommen.

„Du hast Recht." Fisch traute ihren Ohren nicht. Ihr Blick lag weiter auf Gerda, die sich von Ariane gestenreich erklären ließ, wie und wohin sie geschlagen wurde.

„Wir müssen wegen Gerda etwas unternehmen. Wir brauchen Kohle."

„*Du* brauchst Kohle."

Kalle sah irritiert zu Fisch.

„Von mir hat Gerda gerade eine dicke Anzahlung bekommen." Fisch guckte Kalle jetzt lässig an: „Ich hab ihr übrigens gesagt, dass jeder von uns die Hälfte der Schulden übernimmt. Für sich."

„Was soll der Scheiß!?"

Fisch zuckte nur die Schultern und ging. Zum ersten Mal machte sie das, was *sie* wollte. Fisch triumphierte. Kalles Macht bröckelte.

19.

Fisch saß auf der hinteren Treppe im Flur und schrieb an ihre Mutter. Ein Brief war für sie erst mal leichter. Als sie am Stift kaute, um den nächsten Satz zu überlegen, sah sie eine wütende Kalle. Fisch guckte wieder auf das Blatt Papier und schrieb:

... tut mir Leid, dass ich mich länger nicht gemeldet habe. Das mit dem Telefonieren ist hier nicht so einfach. Wie geht es Vater? Hat er sich von dem Herzinfarkt erholt? Ich denke oft an euch – und dann habe ich nicht mal mehr ein Foto. Vielleicht kannst du mir eins schicken, auf dem du, Papa und ich drauf sind ...

Sie kam nicht weiter. Sie spürte einen Windzug und schon saß Kalle neben ihr. Sie riss Fisch den Kopf an den Haaren in den Nacken. Fisch hatte Mühe zu schlucken.

„Läuft da was mit Ariane?", fauchte Kalle.

„Aua ... lass los!", röchelte Fisch.

„Deine Kohle plötzlich, ihre Prügelfotos! Das passt zu gut!"

Fisch machte sich verärgert frei. „Hast du sie noch alle?!"

„Du hast mich einmal angeschissen. Die zwei Jahre zusätzlich reichen! Also: woher war die Kohle für Gerda?!"

Fisch überlegte angestrengt, aber ihr fiel keine Notlüge ein. Kalle guckte auf den Schreibblock – sie riss ihn ihr weg und stand auf. Fisch sprang hinterher: „Kalle! Her damit."

„Was ist das?!" Kalle versuchte den Block zu durchforsten.

Fisch rangelte darum, kam aber nicht ran. „Finger weg."

Niemand sollte sehen, was sie ihren Eltern schrieb. Fisch legte Kalle den Arm um den Hals und würgte sie in ihrer Not.

„Lass … es … fallen …!", presste sie unter der Anstrengung heraus. Kittler und ein weiterer Schließer waren plötzlich mit wenigen Schritten da. Der Schließer verpasste Fisch eins mit dem Schlagstock in die Kniekehle. Sie fiel hin.

„Tätlicher Angriff. Klären wir gleich mit dem Chef." Kittler hakte Fisch unter und zog sie zur Gitterschleuse. Ihre Beine brannten wie Feuer. Das trieb ihr fast die Tränen in die Augen. Dann kam auch noch heraus, dass Fisch Ariane für Geld verprügelt hatte. Kalle konnte den Verdacht trickreich von sich abwenden. Fisch musste in die Isohaft. Dafür konnte Kalle diesmal zusehen, wie sie mit der wütenden Frauenmeute klar kam …

„So ängstlich ohne deinen Pittbull?" Godzilla war schon Angst einflößend. Groß und wuchtig. Der Name passte wie die Faust aufs Auge. Kalle versuchte ruhig zu bleiben.

„Jetzt bleib mal locker – du kriegst deine Kohle schon."

„Und zwar bald. Ich lass mich nicht länger von dir verarschen", fauchte Godzilla.

„Probleme?" Fisch stand, nach einem kurzen Intermezzo in der Isozelle, in der Tür. Godzilla ließ Kalle los. Fisch stand gelassen mit ihrem Korb in der Zellentür und grinste.

„Hey Fisch – zurück aus der Iso?" Fisch bemerkte, dass Kalle erleichtert war, sie zu sehen. Sie brauchte Fisch, weil sie offensichtlich in der Klemme steckte. Und es lag alleine in Fischs Ermessen ihr zu helfen ...

„Wie du siehst." Fisch ging an einen Spind und begann, ihre Sachen einzuräumen.

Kalle guckte triumphierend zu Godzilla. Die sah zwischen Kalle und Fisch hin und her. Gegen zwei hatte sie schlechte Karten.

„Wir sprechen uns noch." Kalle sah Godzilla aufatmend hinterher.

„Gut, dass du wieder da bist. Hast du dir schon überlegt, wie wir aus der Scheiße kommen? Die wollen endlich Kohle sehen", sagte Kalle ungewohnt hilflos. Fisch hatte ausnahmsweise mal Oberwasser. Sie straffte ihre Schultern und blaffte Kalle an: „Ich hab die Schnauze voll, ständig deine Scheiße auszubaden."

„Meine Scheiße? – Wer hat sich denn von Kittler verarschen lassen?! Wegen *dir* ist Silvio im Knast und wir haben keinen Stoff!" Kalle hatte wohl Recht, aber das war nicht die ganze Wahrheit.

„Und wer hat das Koks ins Klo geschüttet? Ich etwa? Ich hab meinen Teil gezahlt, jetzt bist du dran." Fisch kramte weiter in ihrem Schrank herum.

„Was soll das heißen?" Kalles Stimme klang unsicher.

„Ich habe keinen Bock, für dich den Idioten zu spielen. Mach deinen Mist in Zukunft alleine!" Für Fisch war der Satz wie eine Befreiung. Und damit Kalle dem nichts mehr entgegensetzen konnte, lief sie aus der Zelle. In der Tür kam ihr die völlig fertige Nancy entgegen. Aber das rührte Fisch nicht. Sie spürte

Kalles sauren Blick im Rücken. Und auch das war ihr gerade mal völlig einerlei.

„Simone geht's total schlecht." Nancy ließ sich auf einen Stuhl sinken und hatte Tränen in den Augen. Durch einen blöden Zufall hatte Ilse erfahren, dass Nancy schuld an Simones Horrortrip auf der C war. Nancy hatte geplaudert und musste gleich zu Strauss. Als sie wieder schwieg, sollte sie sich von Simones elendem Zustand mit eigenen Augen überzeugen: Die war total durch den Wind, hatte Ränder unter den Augen, war totenbleich und völlig apathisch. Das war zu viel für Nancy ...

„Hauptsache, du hast die Klappe gehalten", herrschte Kalle sie an. Auf Nancys Nicken hin: „Gut. Wir haben nämlich ein anderes Problem."

Nancy hatte eigentlich keinen Kopf für Kalles Probleme. Sie sah einfach nur bedrückt vor sich hin.

„Fisch ist in Isohaft auf blöde Gedanken gekommen. Kümmere dich um sie."

Nancy sah Kalle fragend an. Kalle atmete genervt durch. „Guck nicht so blöd – setzt Fisch unter Druck!"

Nancy schüttelte den Kopf. „Kalle – ich will das nicht! Ich will einfach nicht mehr." Nancys Mundwinkel verzogen sich nach unten. Ihre Lippen fingen an zu zittern. Sie wuchtete sich vom Stuhl und verließ genauso schnell die Zelle wie ein paar Minuten zuvor Fisch.

Kalle guckte dumm aus der Wäsche.

Sie setzte sich auf die Treppe im Flur und legte die Stirn in Falten. Nancy schlich sich kleinlaut heran und entschuldigte sich für ihren Abgang.

„Kalle – sei nicht sauer." Kalle reagierte nicht. Nancy setzte sich vorsichtig neben sie.

„Ich will Fisch nicht wehtun. Sie gehört doch zu unserer Familie ... Du hast doch selbst gesagt: Blut ist dicker als Wasser."

Nancy war eben doch kein hirnloser Roboter. Kalle sah Nancy einen Moment lang nachdenklich an. Sie spürte ihren Einfluss bröckeln. Dann nickte sie.

„Schon gut Bärchen – ich regele das selber." Nach einem Moment: „Aber bei Strauss bist du nicht eingeknickt, oder?"

Nancy schüttelte den Kopf. „Aber Simone geht's richtig scheiße."

Kalle brauste auf: „Was meinst du, wie beschissen es uns erst geht, wenn Strauss Simone von der C holt? Dann sind wir wegen räuberischer Erpressung dran!"

Nancy sah Kalle fragend an. Die mäßigte sich etwas in ihrer Stimme. „Mann – wenn Strauss Simone glaubt, sind wir geliefert! Dann weiß er, dass ich sie erpresst hab, den Tunnel zu bauen – von deiner Falschaussage wegen der Prügelei ganz zu schweigen." Kalle schaute über Nancys Schulter zum Eingang. Ihre Augen verengten sich. Unvermittelt packte sie Nancy am Kragen. Nancy war überrumpelt und verwirrt.

„Was? ... Kalle, was hast du?!", stotterte Nancy.

„Was ich habe?! Du hast mich verraten!"

Nancy stand die Angst ins Gesicht geschrieben. „Nein, wirklich nicht ... Kalle."

„Und was macht die dann hier?!“ Kalle zerrte Nancy noch mehr am Kragen, sodass sie zum Eingang blickte. Ein Beamter brachte gerade Simone mit ihrem Korb zurück auf die B. Nancy schaute perplex zu Simone. Kalle drückte Nancy in einer Ecke gegen die Wand.

„Was macht die Schlampe hier?! Die machen das nicht ohne Grund, Nancy!“

„Aber … ist doch nicht so schlimm, dass Simone wieder da ist.“ Nancy guckte wie ein begossener Pudel.

„Mann! Schnallst du gar nichts?! Wenn Strauss die verlegt, dann glaubt er ihr. Simone weiß zu viel von uns!“

„Die sagt bestimmt nichts … Kalle … sei nicht böse.“ Nancy war kurz davor zu heulen. Kalle schlug hart mit der Faust gegen die Wand neben Nancys Kopf. Nancy starrte Kalle erschrocken an, wehrte sich aber nicht. Sie war total verunsichert.

„Böse?! Du hast Strauss was gesteckt!“ Kalle musste von Nancy ablassen, weil ein Beamter auf die beiden aufmerksam geworden war.

Fisch lag auf dem Bett und hatte sich zur Wand gedreht. So war sie mit dem Brief ihrer Mutter und dem Familiefoto irgendwie mehr für sich. Es war anders als das andere. Sie trug keine Zöpfe mehr und ihr Vater lächelte nicht mehr ganz so fröhlich. Aber immerhin hatte sie wieder eine Erinnerung. Sie strich mit dem Zeigefinger über das Gesicht ihres Vaters. Für einen Moment hatte sie das Gefühl, wieder ein kleines Mädchen zu sein. Ein angenehmer Frieden machte sich breit, bis eine Zigarettenschachtel plötzlich im Sturzflug genau vor ihrer Nase landete. Sie steckte schnell das Foto unter ihr Kopfkissen, nahm sich die Schachtel und drehte sich um.

„Was soll das?“ Fisch sah Kalle vor ihrem Bett stehen.

„Ich dachte, du hast Schmacht nach der Iso.“

„Filterkippen – was für'n Luxus.“ Sie warf die Schachtel wieder zurück. „Meinst du, du kannst dich damit einschleimen?“

„Wieso einschleimen? Wir sind 'ne Gang und da wird geteilt.“ Kalle warf die Schachtel zurück, die Fisch wieder auffing.

„Ihr habt mich hier hängen lassen und wolltet abhauen. Schon vergessen?!“

„Das hatten wir doch schon. ... Wir haben so lange gewartet, wie es ging! Was hättest du gemacht? Wärst du hier geblieben? ... Hm?“

Fisch schwieg. Es arbeitete in ihr. Sie konnte es nicht mit Gewissheit sagen, ob sie nicht auch die Gelegenheit genutzt hätte abzuhauen.

„Dacht ich mir.“

„Nimm doch die Zigaretten, Fisch.“ Nancy spielte den Streitschlichter.

„Ich scheiß auf die scheiß Kippen!“

Wenn es irgendwie ging, vermied Fisch Kalles Nähe. Sie saß im Gruppenraum und frühstückte allein. Der Kaffee war lauwarm. Fisch nahm einen Schluck und guckte kurz zu Kalle, die an einem anderen Tisch saß. Simone war aus der C entlassen und saß apathisch vor ihrem Teller. Gerda und Godzilla kamen herein wie zwei Löwinnen auf Beutefang.

„Tach ... wieder da?“, begrüßte Gerda Fisch.

„Wie du siehst."

Godzilla spuckte auf Fischs Brötchen. „Keinen Hunger?"

Fisch stand auf und baute sich vor Godzilla auf. Es kochte in ihr. „Was wollt ihr von mir?"

„Da fragst du noch?"

„Ich hab schon fett gelatzt. Haltet euch an die da." Sie nickte Richtung Kalle, die die Szene gespannt beobachtete. Godzilla und Gerda folgten ihrem Blick.

„Du hast von uns die Kohle gekriegt und die wollen wir von dir zurück. Kapiert?!" Godzilla stieß Fisch grob an. Die ließ es sich zähneknirschend gefallen. Melanie konnte sich ein heimliches zufriedenes Lächeln nicht verkneifen. Gerda und Godzilla zogen wieder ab. Fisch setzte sich frustriert hin und schob ihren Teller von sich. Zwei Sekunden später stand Kalle neben ihr und hatte ein leichtes Grinsen auf den Lippen. Fisch hätte ihr in diesem Augenblick am liebsten eine reingedonnert. Sie wusste nämlich, was jetzt kam …

„Schnallst du jetzt, dass du keine Wahl hast? Gegen die kommen wir nur zusammen an, Fisch."

Der Teller mit dem voll gespuckten Brötchen stand noch da. Fisch nahm sich den Teller und hielt ihn Kalle hin: „Brötchen?" Die Antwort hatte etwas Befreiendes. Fisch stand auf und ließ Kalle baff zurück.

Als sich Kalle zur Erholung gerade einen Tee machen wollte, wurde sie von Godzilla und Gerda überfallen. Wegen der Schulden und wegen Simone.

„Du hast Simone verarscht und verraten. An die Schlusen."

Im nächsten Moment schwang Godzilla ein nasses Handtuch und knallte es Kalle mit voller Wucht ins Gesicht. In dem Stil ging es weiter, bis sich Kalle wimmernd auf der Erde krümmte. Nancy, die eigentlich helfen wollte, bekam auch ganz schnell eine verpasst.

Fisch beobachtete alles durch das Bullauge zum Gruppenraum. Als sie Kalle als Häufchen Elend sah, fackelte sie nicht lange. Das war weniger Mitleid als purer Instinkt. Sie ließ einen Billardqueue auf Gerdas Kopf krachen und damit war das Spiel vorbei.

In der Zelle gab es allgemeines Wundenlecken. Kalle verarztete sich in der Nasszelle vor dem Spiegel. Aber sie war ziemlich enthusiastisch:

„Hey, denen haben wir's gezeigt, was?!"

Aus der Zelle kam keine Antwort von Nancy und Fisch. Fisch hockte vor Nancy und tupfte ihr die Blessuren ab. Kalle kam dazu:

„Ich sag's ja. Zusammen sind wir unschlagbar! Habt ihr die dummen Gesichter gesehen, als die beiden was auf die Fresse gekriegt haben?!"

„Echt dumm", gab Nancy tonlos von sich.

„Selber schuld, wenn sie sich mit uns anlegen. … Das war wie früher im Kiez, wo uns keiner was konnte. Was, Nancy?"

„Klar. … Wie früher." Nancy klang halbherzig. Fisch kam aus der Hocke hoch.

„Wie früher … Scheiße! Meinst du die Kids, die wir zusammengetreten haben? Für 'ne Schachtel Kippen?"

„Na und? Die hatten Respekt vor uns." Kalle straffte ihre Schultern.

„Die hatten Angst", korrigierte sie Fisch.

„Das ist das Gleiche. Und wir haben auch andere Sachen gedreht."

„Und was hab' ich davon? – Ich sitze im Knast." Fisch warf frustriert das Handtuch durch den Raum.

„Wenn das alles so scheiße war, warum hast du mir dann geholfen gegen Gerda und Godzilla?"

„Die beiden waren sowieso fällig. Bild dir bloß nichts drauf ein."

„Das glaub ich dir nicht."

„Glaub was du willst. Aber nerv mich nicht."

„Komm, Fisch. Bei allem, was wir schon durchgezogen haben. Wir sind Freunde."

Nancy nickte bemüht, aber Fisch verschaffte sich Luft:

„Freunde"?! Du weißt doch gar nicht, was das ist! Du brauchst eine Dumme, die für dich den Dreck erledigt, sonst nichts! Das kannst du vielleicht mit deiner Kusine machen, aber mir reicht's! Kapiert?!

„Was heißt das?"

„Ich steig aus! Ich scheiß auf eure Gang! Ab jetzt gehen wir getrennte Wege!" Fisch traute ihren eigenen Worten kaum. Aber sie hatte gesagt, was sie schon lange empfand. Sie knallte die Zellentür von außen hinter sich zu mit einer Mischung aus Wut, Enttäuschung, aber am Ende mit einem Gefühl von Freiheit.

Kalle erkannte ihre Niederlage. Aber sie hatte nicht viel Zeit, darüber nachzudenken. War sowieso nicht ihre Art. Sie musste sich wappnen gegen Godzilla und Gerda. Ohne Fischs Hilfe erst recht.

Im Speisesaal konnte sie unentdeckt ein Obstmesser mitgehen lassen. Nancy lenkte mit einem Streit von Kalle ab. Aber alles, was sie für Kalle tat, war eher mechanisch geworden. Das Herz war nicht mehr richtig dabei. Immer wieder hatte sie Simone vor Augen. Ihr trauriges, apathisches Gesicht. Sie konnte die Bilder auf der C nicht vergessen.

Als Strauss sie noch mal verhörte, knickte sie ein.

„Simone hat mich nicht misshandelt." Sie konnte nicht zulassen, dass ihre Freundin wieder auf die furchtbare C musste. Strauss war erleichtert. Es war nicht seine Art, Menschen unter Druck zu setzen, aber in dem Fall hatte er keine andere Wahl. Jetzt war klar, dass Kalle ihre Kusine zur Falschaussage gezwungen hatte. Aber sie bestritt das weiterhin fleißig. Strauss drohte ihr, Nancy auf die C zu schicken, wenn sie nicht endlich die Wahrheit sagen würde. Kalle wusste, dass Nancy die C nicht verkraften würde. Die Isozelle war schon die reinste Hölle für sie gewesen. Es war nicht so, dass Kalle die Drohung mit Nancy kalt ließ. Aber es war ihr immer noch lieber, als selber dort zu landen. Kaltblütig ließ sie *ihr Bärchen* ins offene Messer rennen. Nancy würde auf Station C verbannt werden ...

Und sie hatte noch nicht mal den Mumm, es Nancy ins Gesicht zu sagen. Das erledigte Fisch:

„Du gehst alleine auf die C, Nancy. Kalle bleibt, wo sie ist. Sie hat dir nämlich die ganze Schuld zugeschoben."

Das war zu viel für Nancy. Sie wusste nicht mehr, was gut und böse war, was oben und unten. Sie war komplett verstört.

20.

Aberwitzig war nur, dass Kalle dann Simone für alles verantwortlich machte. Sie packte die hilflose Simone in der Zelle.

„*Du* bist Schuld. Du bist auf der C nicht krepiert. Und das wird dir noch Leid tun." Dann ging alles ganz schnell: Ein Handgemenge. Eine völlig verwirrte Nancy, die nach dem Obstmesser griff, das Kalle aus der Hand gerutscht war. Kalles schnaubende Wut, als Nancy das Messer nicht rausrückte.

„Mann, du bist zu nichts nutze! Hätte ich dich nur nie von deiner versoffenen Mutter weggeholt. Du bist so dumm wie du fett bist!"

Nancy guckte getroffen und rührte sich nicht. Kalle ging auf sie zu. „Nancy! – Gib mir jetzt das Messer!!"

„Nein ...!" Wie in Trance hob Nancy das Messer und stach zu. Kalles Augen weiteten sich. Sie löste sich etwas von Nancy und schaute ihr ungläubig ins Gesicht. Dann blickte sie an sich herunter. Das Messer steckte ihr im Unterleib.

„Spinnst du? ...", sagte sie schwach. Dann sank sie auf den Boden. Das Messer steckte noch in ihrem Bauch. Das Blut sickerte aus der Wunde auf den Boden. Ein rotes Meer ...

Große Aufregung in Reutlitz. Nancy schrie wie verrückt:

„Kalle, das wollt ich nicht. Kalle, bitte werde wieder gesund!“

Fisch beobachtete den Abtransport von Kalle nicht ohne Sorgen. Sie spielte nervös an ihrer Kette. *Bitte lass sie durchkommen*, dachte sie bekümmert.

Kalles Verletzungen waren so schlimm, dass sie in ein Haftkrankenhaus musste. Nancy kam auf Station C ... Und Fisch musste jetzt für Kalles Schulden aufkommen. Gerda und Godzilla hingen ihr unerbittlich an den Fersen. Fisch musste jede Zigarette, jede Telefonkarte abdrücken. Alles, was sich irgendwie verticken ließ. Sie hatte eigentlich nichts mehr. Außerdem durfte sie die Klos für die beiden schrubben. Ihre Stimmung war eine Mischung aus sich-verlassen-fühlen und mir-ist-alles-total-egal.

Die Aussicht auf den Besuch ihrer Mutter ließ sie Hoffnung schöpfen. Kontakt nach draußen zu ihrer Familie, ihrem eigen Fleisch und Blut, war jetzt genau das Richtige.

„Hat er meine Briefe nicht bekommen?“, fragte Fisch ihre Mutter.

„Er will sie nicht lesen, Heidrun. Sei ihm bitte nicht böse.“ Natascha war wieder den Tränen nahe. Fischs Enttäuschung bohrte sich wie ein Schwert durch die Brust. Sie fühlte sich auf einmal ganz schwach.

„Ich bin für ihn endgültig gestorben, was?!“ Fischs Augen flackerten.

„Dein Vater hat es gerade nicht leicht“, erklärte ihre Mutter besänftigend.

„Und was ist mit mir? Glaubst du, *hier* ist es einfach?"

Natascha legte ihrer Tochter beruhigend die Hand auf den Arm. „Er ist sehr krank, weißt du?!"

„Ist es wieder das Herz?"

Die Mutter nickte und schaute betroffen. „Er hat die Arbeit verloren. Und die Ärzte wollen ihn nicht in Frührente schicken."

„Scheiße." Fischs Blick streifte hinüber zum Neuzugang Stefanie Gessler, ein Ex-Junkie. Sie war auf ihrer Zelle, in Kalles Bett. Sie redete scheinbar glücklich mit ihrem Mann Daniel und ihrer Tochter Jasmin. Fisch kam ihr eigenes Familienfoto in den Sinn. Das mit den Zöpfen. Da war sie im selben Alter gewesen wie Stefanies Tochter jetzt war. Unter dem Tisch steckte Daniel Stefanie gerade ein Päckchen Zigaretten zu. Dann sah sie Stefanie die Packung heimlich verstecken. Es ratterte in ihrem Kopf: Junkie, Drogen, Schmuggeln, Kohle … Apropos:

„Hast du an das Geld gedacht?", fragte sie ihre Mutter. Die reichte Fisch verdeckt einige 20-Euro-Scheine.

„Hundert Euro hab ich nicht zusammenbekommen. Papas Arbeitslosengeld reicht hinten und vorne nicht." Fisch fluchte unterdrückt. „Scheiße …"

„Nächste Woche nehme ich noch eine Putzstelle an, moya kukolka. Dann kann ich dir mehr geben."

Fisch schüttelte den Kopf. „Lass nur, Mama. Ist nicht so wichtig." Sie steckte ihr die Scheine wieder zu. „Ich möchte, dass du dir was Schönes dafür kaufst, ja?! Versprichst du mir das, Mama?!"

Natascha nickte gerührt.

In der Zelle befestigte Stefanie ein Bild ihrer Tochter über ihrem Bett. Fisch war einen Augenblick eifersüchtig auf das scheinbare Familienglück. Sie musste irgendwie ihren Frust abladen.

„Deine spießige Klein-Familie ist doch ein Fake. Euch Junkies interessiert doch nur der nächste Schuss." Stefanie sah Fisch ruhig an. Sie ließ sich nicht provozieren.

„Und bei dir? War das vorhin deine Mutter?" Zielsicher hatte sie Fischs wunden Punkt getroffen.

„Das geht dich einen Scheiß an."

Stefanie ging in die Nasszelle und schminkte ihre Augenlider. Fisch hinterher. Sie war weiterhin auf Krawall aus. Ungeniert musterte sie die Neue in der offenen Tür. Zynisch sagte sie:

„Ich dachte, ihr Junkies scheißt drauf, wie ihr ausseht."

Stefanie wollte sich an ihr vorbei nach außen drängen. „Ich bin kein Junkie."

Fisch hielt sie auf und holte das Tütchen mit Heroin hervor, das sie Stefanie zuvor abgenommen hatte.

„Und warum schmuggelt dein Macker dir dann Heroin rein?"

Stefanie guckte hin und schnell wieder weg. Knapp: „Ich hab ihn nicht drum gebeten!"

„Aber jetzt wirst du es tun!" Fisch ballte drohend die Faust. „Sonst schminke ich dir die Augen blau!"

Stefanie schwieg eingeschüchtert.

Fisch hatte wieder eine Quelle angezapft, um ihre Schulden

abzutragen. Auch ohne Kalle. Gerda und Godzilla waren anfangs skeptisch, stimmten dann aber zu:

„Also gut. Wenn Stefanie das Zeug wirklich für uns reinbringt, bist du deine Schulden los", sagte Gerda. Godzilla fügte böse grinsend hinzu: „Aber nur dann! Sonst bleibst du unsere Sklavin!"

Mit Stefanies Widerstand hatte Fisch allerdings nicht gerechnet.

„Ich will nichts mehr damit zu tun haben", sagte sie Fisch in der Zelle bemüht tapfer. „Und er übrigens auch nicht."

„Was *ihr* wollt, interessiert keine Sau!" Sie ballte ihre Hände zu Fäusten, bis es gefährlich knackte. Sie holte aus und schlug Stefanie in den Magen.

Stefanie krümmte sich vor Schmerzen unter dem Schlag, blickte dann aber entschlossen zu Fisch auf.

„Mach mich ruhig fertig, Fisch. Aber von mir kriegst du nichts!"

Fisch war baff. Stefanie war so souverän und so wenig aggressiv. Das war selten in Reutlitz. Sie strahlte eine innere Ruhe aus, die sie unangreifbar machte. Da half auch keine Gewalt. Fisch fühlte sich machtlos. Was sollte sie ihren Schuldenhaien erzählen? Godzilla gab Fisch auf dem Hof ihren Senf dazu: „Das ist ein Junkie. Junkies brauchen Stoff und Stoff bringt Kohle. Kapiert?"

„Das kann ich nicht! Sie ist clean", verteidigte sie Stefanie. Bei jedem anderen Junkie hätte sie sich in ihrer Not drauf eingelassen, aber bei Stefanie ...

„Ach was! Einmal Junkie, immer Junkie! Die kann gar nicht ohne!“, sagte Gerda lapidar.

„Die kann dabei draufgehen! Ich mach bei so was nicht mit …“ Sie dachte an Walter. Die Badewanne, das Blut, der nahe Tod …

Godzilla packte sie drohend am Kragen. „Ey fuck, mir doch egal! Du bringst die Schlampe zurück an die Nadel. Verstanden?“

Gerda hinterher: „Dann bringt sie den Stoff rein und wir kassieren ab.“ Damit stopfte Godzilla Fisch das Herointütchen zurück in die Jackentasche und drückte ihr eine Spritze in die Hand.

„Oder willst *du* lieber draufgehen?“

Fisch starrte geschockt auf die Spritze. Ihr wurde heiß und kalt. *Verdammte Scheiße, ich steck’ in der Klemme, aber gewaltig.* Tausend Sachen schossen ihr durch den Kopf. Aber was hatte sie für eine Wahl? Gerda und Godzilla hingen ihr an den Fersen. Und sie waren brutal.

In dieser Nacht klammerte sich Fisch an den Brief ihrer Mutter. *Papa geht es leider nicht besser. Er kann seinen linken Arm immer noch nicht richtig bewegen …* Fisch blickte traurig vom Brief auf und guckte auf ein Bild von sich als Kind mit ihrem Vater. Daneben eins von der Mutter. Als Stefanie aus der Nasszelle kam, schob sie den Brief und die Fotos schnell unter die Bettdecke. Sie war neugierig, wie Stefanie auf ihr Überraschungspäckchen reagieren würde. Aber das Heroin unter ihrer Bettdecke veranlasste Stefanie nur zu einem fragenden

Blick. Fisch entschuldigte sich gespielt, aus rein taktischen Gründen.

„Tut mir Leid wegen vorhin. Mach damit, was du willst." Dann stand sie auf und ging in die Nasszelle. Durch den Türspalt hindurch verfolgte sie neugierig, wie Stefanie das Heroin nach einiger Zeit in die Hand nahm. *Ja, los,* betete sie im Stillen. *Dann hab ich dich am Wickel …* Mit Genugtuung verfolgte sie Stefanies Kampf. Ihre Hände umfassten das Tütchen krampfhaft. Sie ging damit zum Waschbecken, blickte ihr Spiegelbild an und öffnete langsam die Tüte. Als Stefanie das Zeug in den Ausguss schütten wollte, machte Fisch blitzschnell die Tür auf:

„Spinnst du?"

„Ich mach damit, was ich will", entgegnete Stefanie, sichtlich um Fassung bemüht. Fisch packte ihre Hand und hielt sie fest.

„Ich hab dich beobachtet gestern. Dir ist der Geifer runtergelaufen, als du es angefasst hast."

Stefanie schüttelte abwehrend den Kopf. „Ich will es nicht."

„Und ob du es willst." Fisch zwang Stefanies Hand, sich wieder um das Tütchen zu schließen. Aus ihrer Jackentasche holte sie mit der anderen Hand ein Spritzbesteck hervor und legte es auf den Waschbeckenrand. In diesem Moment öffnete sich die Tür. Fisch entfernte sich schnell einen Schritt von Stefanie. Es war Maja, die nach dem Rechten schauen wollte. Als sie wieder weg war, drohte Fisch:

„Ein Wort und ich sag den Schlusen, woher das Zeug stammt. Dann siehst du deinen Macker nie wieder!"

Gerade noch eine große Lippe riskiert, jetzt schon wieder handzahm. Fisch rief ihre Mutter an. Seit Kalle im Krankenhaus lag, hatten sie wieder mehr Kontakt. „Mama? Ich bin's." Sie stand am Telefon, hinter ihr eine Schlange von Frauen.

„Heidrun ... moya kukolka. Wie geht es dir? Hast du meinen Brief bekommen?"

Im Hintergrund wurden Stefanie und Melanie von einem Beamten zurück auf die Station gebracht und bekamen das Telefonat mit.

„Alles okay, danke. Und Papa? Hat der Arzt gesagt, ob der Arm irgendwann besser wird?"

„Er weiß es noch nicht." Fisch hörte Melanie hämisch zu Stefanie sagen:

„Ihr Alter hat hier 'nen Herzkasper bekommen, weil sie ihn fertig gemacht hat!" Sie ignorierte es.

„Kann ich mit ihm reden?" Statt der Antwort ihrer Mutter funkte Mel wieder dazwischen:

„Jetzt spricht er nicht mehr mit ihr."

Stefanie zog ihre Telefonkarte hervor und stellte sich auch in die Schlange.

„Er braucht auch nichts sagen. Bloß zuhören soll er!" Fisch flehte mit unterdrückter Stimme. Aber Mel bekam alles mit:

„Mehr kann er wohl auch nicht mehr!"

„Du weißt doch, wie er dazu steht", sagte Fischs Mutter entschuldigend.

„Mama, bitte! Ich will ihm doch nur sagen, dass es mir Leid tut." Plötzlich war es still in der Leitung. Die Karte war alle.

„Scheiße!" Ernüchtert schlug Fisch gegen den Apparat, aus

dem ihre leere Karte fiel. Sie ließ sie liegen und ging geladen an den Frauen vorbei. Vor Stefanie blieb sie stehen und lud ihren Frust bei ihr ab:

„Glaub ja nicht, dass du mir entwischen kannst.“ Fisch guckte in Stefanies sanfte Augen. Das machte sie nervös. Statt einer Antwort hielt sie Fisch nach kurzer Überlegung ihre Telefonkarte hin:

„Hier. Ruf deinen Vater noch mal an.“

Fisch sah sie völlig perplex an. Was war das denn für eine Nummer? Beschämt kratzte sich Fisch an ihrem Nasenring. Sie griff zur Telefonkarte und rauschte ab.

Stefanie ging in die Zelle und durchwühlte fieberhaft Fischs Sachen. Erst in ihrem Schrank, dann in ihrem Bett. Dabei murmelte sie beschwörend:

„Das Zeug muss weg! Es ist gleich weg.“ Unter der Matratze fand sie Fischs Beutel, in dem sie das Bild von ihrer Familie aufbewahrte. Sie öffnet ihn, in der Hoffnung, die Drogen zu finden, aber sie sah nur Fischs Fotos von ihrer Familie. Nachdenklich betrachtete sie es und legte es dann sorgfältig an seinen Platz zurück. Keine Minute zu früh, denn Fisch kam regelrecht in die Zelle geplatzt. Ohne ein Wort öffnete sie ihren Schrank und holte Raffaellas ehemalige Boxhandschuhe heraus. Stefanie blickte verunsichert darauf.

„Und? Hast du mit deinem Vater gesprochen?“

„Was geht dich das an?!“, raunzte sie frech.

„Du hast Stress mit ihm, oder?“ Stefanies Stimme war mild. Fisch hielt diese Freundlichkeit nicht aus und wurde aggressiv.

„Wenn hier jemand Stress hat, dann du! Oder meinst du, weil du mir deine beschissene Telefonkarte gibst, ist die Sache gegessen?"

Stefanie schwieg.

„Die nehm ich mir sowieso, wenn ich sie will!" Fisch griff nach ihrem Sportzeug und merkt, dass es nicht an seinem Platz lag.

„Ach – deshalb! Du wolltest ungestört nach dem H suchen! Meinst du, das lass ich hier rumliegen, damit du es wegkippst?", sagte Fisch sarkastisch. Sie ging auf Stefanie zu und blickte sie eindringlich an.

„Du kriegst es nur, wenn du es dir in die Vene drückst! Vor meinen Augen!"

Stefanie kuschte nicht, sondern hielt ihrem Blick stand.

„Ich hab das Foto gesehen." Fisch war einen Moment lang völlig aus dem Konzept gebracht. Standhaft machte Stefanie weiter.

„Bist du deshalb so wütend? Weil du schuld bist, dass dein Vater krank ist?" Volltreffer. Der Satz donnerte Fisch wie eine Keule in die Magengrube.

„Wer hat dir das erzählt? Melanie?"

„Tut mir Leid, dass es ihm nicht gut geht." Stefanies Anteilnahme klang ehrlich. Und genau das machte Fisch völlig fertig. Sie konnte damit einfach nicht umgehen.

„Auf dein Mitgefühl scheiß ich!" Damit stürmte sie aus der Zelle. Tief in ihrem Innern hätte sie sehr wohl Mitgefühl gebraucht, Unterstützung und eine echte Verbündete. Stefanie hielt ihr den Spiegel vor. Sie wollte so gern ein guter Mensch sein. Aber sie konnte es einfach nicht zulassen. Der Knast hatte sie abgestumpft. Es ging ums Überleben. Und dafür brauchte sie Kohle. Stefanie musste wieder an die Nadel. Basta. Keine Zeit für Gefühle.

Sie hatte sich beim Boxtraining Mut gemacht. Immer wieder gegen die Boxbirne gedonnert, bis das letzte Fünkchen Skrupel weg war. In der Nacht kochte sie zum ersten Mal Heroin auf. Ihre Hand zitterte dabei. Sie hockte mit einer Pobacke auf Stefanies Bett und atmete flach. Nur keine Geräusche machen.

Ein Bademantelgürtel band Stefanie den Arm ab. Dann wachte sie plötzlich auf und sah Fisch überrascht an. Fisch zögerte nicht lange und versetzte Stefanie einen Kinnhaken. Sie fiel benommen zurück. Schnell griff Fisch zur der Spritze, die sie auf dem Tisch abgelegt hatte. Vorsichtig begann sie, Stefanies Ärmel hochzukrempeln. Aber Stefanie wachte wieder auf. Fisch sah in ihre entsetzte Augen. Ihr wurde heiß und kalt, aber sie musste handeln. Sie hielt ihr mit der einen Hand den Mund zu. Die Spritze hatte sie quer im Mund. Mit der anderen Hand krempelte sie Steffis Ärmel weiter hoch. Ihre Hände waren vor Aufregung ganz ungeschickt. Stefanie bäumte sich unter erstickten Hilferufen auf, aber ohne Erfolg. Als es Fisch gelang, den Ärmel hochzukrempeln, setzte sie zitternd die Nadel an. Dafür nahm sie unter drohenden Blicken ihre Hand von Stefanies Mund. Stefanie entging Fischs Unsicherheit nicht. Und da war er wieder, dieser sanfte, gelassene Ton:

„Du hast so was noch nie gemacht, oder?“ Fisch fühlte sich ertappt, reagierte aber nicht. Sie klopfte auf die Vene, die unter den Narben kaum zu sehen war. Stefanie wusste, dass sie nur eine Chance hatte, Fisch zu stoppen, wenn sie redete. Sie schwitzte Blut und Wasser. Genau wie Fisch …

„Am Anfang ging es mir genauso. Aber irgendwann war es ganz leicht“, sagte Stefanie.

„Halt die Klappe!“, blockte Fisch. Offensichtlich brachten sie Stefanies Worte aus dem Konzept.

„Ich hab bloß an den Flash gedacht … und an nichts anderes mehr.“

Fisch suchte fieberhaft eine Stelle an Steffis Arm, die sich eignete.

„… nicht an Daniel und nicht an die Kleine … ich hab alles kaputt gemacht, was wir hatten …“

„Du sollst die Klappe halten, hab ich gesagt!“ Fisch kämpfte mit sich. Gut und Böse lagen dicht beieinander … Sie fummelte nervös an Stefanies Armbeuge herum.

„Erst als sie mich gepackt haben, hab ich geblickt, was ich für eine Scheiße gebaut hab …“

Fisch hatte endlich eine Stelle gefunden und setzte die Nadel ängstlich an.

„… aber ich will's wieder gutmachen. Genau wie du!“

Fisch hielt inne. Wieder ein Volltreffer. Sie ließ die Nadel sinken.

21.

Am nächsten Tag fühlte sich Fisch mies, aber sie konnte es sich nicht eingestehen. Sie sprang nervös von ihrem Bett auf, als Stefanie hereinkam. Sie wirkte ziemlich fertig. Kein Wunder nach der Nacht …

„Was ist? Warst du nicht arbeiten?" Stefanie antwortete nicht.

„Haben Gerda und Godzilla dich angemacht?" Schweigen. Fisch führte Stefanies seltsames Verhalten natürlich auf die Drogengeschichte zurück.

„Die glauben nämlich, dass ich dich angefixt hab." Das war ein dummes Missverständnis, das Fisch nicht mehr aus der Welt räumen konnte. Immer noch keine Antwort.

„Es war ihre Idee … von Anfang an." Niemals hätte sie ihre Schuld offen zugegeben. Dafür schämte sie sich viel zu sehr. Als keine Reaktion kam, fügte sie hinzu:

„Vielleicht kannst du eine Weile so tun als ob. Bis mir was anderes einfällt, okay?"

Stefanie reagierte immer noch nicht. Fisch hatte ein schlechtes Gewissen und legte ihr die Telefonkarte hin.

„Ist noch was drauf. Wenn du deinen Mann anrufen willst."

„Lass mich in Ruhe", kam es endlich von Stefanie.

Klar, sie ist immer noch sauer wegen gestern Nacht, dachte

Fisch. Kleinlaut warf sie einen letzten Blick zu Stefanie hinüber und ging zum Boxen.

Fäuste in einen harten Sandsack bohren. Aggressionen loswerden. Aber sie fühlte sich elend. Stattdessen umarmte sie kraftlos und resigniert den Sack, dann Stefanie, ihren Vater. In Gedanken ...

Als sie wieder zurück auf die Zelle kam, traute sie ihren Augen nicht. Geschockt starrte sie auf Stefanie, die sie, vom Rausch eingeholt, anlächelte.

„Was guckst du denn so? Ist doch genau das, was du die ganze Zeit wolltest."

Fisch fehlten die Worte. Sie spürte Traurigkeit in sich aufsteigen. Sie konnte es nicht fassen, dass Stefanie rückfällig geworden war. Warum? Wofür? Sie hatte keine Ahnung, dass Stefanie sich gerade von Kerstin Herzog ihren positiven HIV-Test abgeholt hatte. Der Rückfall war die verzweifelte Antwort auf diese Nachricht ...

Von der Station hallte *Für immer jung* von Karel Gott. Stefanie saß auf ihrem Bett. Der Stoff wirkte nicht mehr. Sie wiegte sich unruhig mit Entzugskrämpfen und sah ungehalten zur Musikbox: „Oh Mann ...!" Fisch lag auf dem Bett und blickte auf ihre Familienfotos. Sie guckte kurz zu Stefanie. Die konnte sich nicht mehr aufrecht halten und legte sich zittrig auf ihr Bett.

Fisch musterte wieder das Foto. Fisch als Kind mit ihrem Vater ...

„Kinder in die Welt setzen und sich dann nicht mehr kümmern." Fischs Blick wanderte provozierend zu Stefanie. Die fing ihn auf, war aber anscheinend zu schwach, um sich zu rechtfertigen.

„Manche Menschen sollte man gleich sterilisieren."

Jetzt drehte sich Stefanie verärgert zu Fisch. „Erzähl das deinem verkorksten Vater, nicht mir!"

Fisch funkelte Stefanie böse an. „Du hast auch 'ne Tochter. Hast du mal gesagt, als du klar warst. Und, dass du eine bessere Mutter sein und clean werden willst", blaffte sie verletzend. Dann grinste sie zynisch: „Aber high werden ist eben doch geiler!"

Stefanie senkte beschämt den Blick und drehte sich frierend zur Wand. Fisch spurtete aus ihrem Bett und stellte sich mit verschränkten Armen vor Stefanies Bett.

„Du warst doch weg von dem Zeug. Dann fängst du wieder an! Trittst dein Leben in die Tonne. Warum?!"

Stefanie drehte sich von der Wand auf den Rücken und atmete schwer. Dann schloss sie die Augen ... Plötzlich wurde sie lautlos von einem Weinkrampf geschüttelt. Fisch war sehr berührt. Sie setzte sich auf Stefanies Bett und sah sie hilflos an.

„Was ... flennst du denn jetzt?" Fisch wollte helfen, wusste aber nicht wie.

„Lass mich einfach in Ruhe", sagte Stefanie matt zitternd. Fisch stand auf und stellte sich linkisch vor ihr Bett. Bemüht ruppig motzte sie Stefanie an:

„Wer einmal clean war, packt's auch noch einmal."

Stefanie antwortete nicht, sondern drehte sich wieder zur Wand. Fisch stand noch kurz hilflos da und ging dann in die Nasszelle.

Im Gruppenraum stand Ilse neben dem Essenswagen und trocknete Flaschen mit Küchenpapier ab. Eilig verstaute sie eine Flasche nach der anderen in zwei leer geräumten Cornflakespackungen, die hinter ihr auf einem Stuhl standen. In den Flaschen war Alkohol für eine geplante Zellenparty. Fisch griff nach einer der Flaschen. Ilse erschrak mächtig. Sie wollte die Flasche nicht hergeben, aber Fisch funkelte Ilse gefährlich an.

„Finger weg. Oder du bist die Hand auch gleich los!" Ilse zog ihre Hand ängstlich weg.

„Ich brauch das Zeug nicht für mich. Meinetwegen zahl ich auch für den Dreck!"

„Der Alk ist für Partygäste", hörte Fisch Sascha sagen. Sie sah zu Jeannette und Ilse und fragte herausfordernd: „Wer ist dafür, dass Fisch zur Party kommt?" Niemand meldete sich.

„Dagegen?" Sascha, Jeannette und Ilse hoben kurz die Hand.

„Siehste. So ist das, wenn man allein da steht und die anderen in der Überzahl sind."

Ilse streckte die Hand aus. Fisch zögerte kurz. Dann gab sie ihr die Flasche und trollte sich.

Niemand konnte sie wirklich leiden. Warum auch. Es war einfach zu viel passiert. Aber Stefanie brauchte dringend ihre Hilfe. Sie war gnadenlos auf Turkey und hätte für einen Schuss Gott-weiß-was gemacht. Ihr Anblick war einfach nur jämmerlich, wie sie hektisch alle Ritzen der Zelle nach Stoff durchsuchte.

„Hey ... wenn du jetzt noch ein paar Tage durchhältst", versuchte Fisch Stefanie Mut zu machen.

„Halt's Maul!"

„Die … haben Alk drüben." Fisch ging entschlossen an ihren Spind und durchsuchte ihre Taschen. Dann holte sie zwei Telefonkarten heraus.

Stefanie fing hysterisch an zu lachen. „Super … Telefonkarten. Rufst du jetzt die Drogenberatung an?" Aber dann glaubte sie zu verstehen: „Quatsch … Jetzt weiß ich … du willst deinen *Papa* anrufen. Warum schmeißt du sie nicht gleich ins Klo?"

Fisch ging wütend auf Stefanie zu und packte sie am Kragen. „Du kapierst überhaupt nichts, oder?" Sie sah in Stefanies glasige Augen. Fisch schubste Stefanie auf ihr Bett zurück und stürmte aus der Zelle.

Sie ging geradewegs auf Zelle 4 zu. Als sie die Tür öffnete, sah sie Sascha, Ilse und Jeannette auf den Betten hocken. *Tolle Party,* dachte Fisch noch kurz. Sie trat linkisch herein und wedelte mit den Telefonkarten. Sie warf sie aufs Bett.

„Ich will nur einen Schluck von euren … *Cornflakes.* Dann bin ich wieder weg."

„Noch mal: Vergiss es!", zischte Jeannette.

„… nicht für mich, für Stefanie!"

„Was hat die denn?", fragte Sascha.

„Sie vermisst ihren Mann."

Ilse schnaubte ungläubig. „Seit wann interessieren dich Familiengeschichten?!"

„Für so was hast du kein Händchen. Dein Vater verdaut noch den Herzkasper von eurem letzten Treffen." Fisch starrte Jeannette verletzt an und schlug wütend die Tür hinter sich zu.

Zurück in ihrer Zelle setzte sie sich deprimiert auf ihr Bett.

„Na, deinen Alten erreicht ...?“, fragte Stefanie abfällig. Fisch sah Stefanie müde an, dann schüttelte sie den Kopf und ließ sich in die Kissen sinken.

„Heul mal nicht gleich. Denkst auch nur an dich.“

Fisch wollte kurz widersprechen, dann brachte sie nur zynisch hervor: „Tja. So bin ich.“

Aber, oh Wunder, Sascha kam wenig später mit einer Packung Cornflakes mit Alkoholinhalt und legte sie Stefanie aufs Bett. Stefanie nahm hastig ein paar Schlucke. Dann ging Sascha grinsend zu Fisch und gab ihr die Telefonkarten zurück.

„Hier, *Mutter Theresa.*“ Dann räusperte sie sich etwas unbehaglich und sagte: „... und weil ich wusste, du hast ’ne soziale Ader, habe ich den anderen gesagt, du bist einverstanden.“

„Womit ...?“ Die Tür wurde aufgerissen und eine Gruppe von aufgedrehten Insassinnen strömte herein. Godzilla führte die Truppe an und warf Konfetti. Im Hintergrund lief: *You shook me all night long* von *AC/DC*. Jeannette sagte im Vorbeigehen zu Fisch: „Ach ja ... Glückwunsch. Du bist jetzt doch eingeladen.“

Fisch war verblüfft. Sie wusste gar nicht wie ihr geschah. Zum ersten Mal gehörte sie mit dazu. Die Party war einfach klasse. Alle waren gut drauf und behandelten sie um Meilen respektvoller als vorher.

Stefanie war mit dem Alkohol erst mal ruhiger gestellt und spielte auf der Klampfe ein sentimentales Lied. Alle sangen mit. Eine Stimmung wie am Lagerfeuer. Irgendwann verstummten sie und lauschten alle anerkennend Fischs toller Stimme. Der Stolz straffte ihre Schultern. Das war die Anerkennung, nach der sie sich immer gesehnt hatte. Nach der sie immer gesucht hatte. Bei ihrem Vater, bei Kalle ... In diesem Augenblick strömte ein Gefühl von Glück durch ihren Körper.

Melanie fragte sie sogar, ob sie in ihrer Band mitspielen wollte. Der Antrag lag bei der Gefängnisleitung. Der reinste Wahnsinn! Fisch setzte sich für Stefanie ein. Sie sollte auch dabei sein. Mit der Gitarre. Sie hoffte etwas zu optimistisch, dass Stefanie dann eine Weile von ihren Drogen abgelenkt wäre. Denn Stefanie dachte nur von einem Schuss zum nächsten. Sie hatte nichts anderes mehr im Sinn. Fisch resignierte. Alles, was sie für Stefanie anstellte, war vergebens.

Dann kam der Tag, an dem Kalle wieder zurückkehrte. Es schien so, als würde mit Kalles Erscheinen ein eisiger Wind über den Flur fegen. Die Frauen verstummten und ihre Gesichtszüge wurden hart.

„Ist ja alles beim Alten hier!“ Kalle versuchte ihre Verunsicherung zu verbergen. Sie rettete sich in Zelle 4. Fisch schaute nur kurz auf. In einer Mischung aus Wut und Schutzbedürfnis wurde ihr Herz plötzlich kalt. Da änderte sich auch nichts, als Kalle sie freudig lächelte. Sie stellt ihren Korb vor Fisch hin und sagte ironisch-provokant:

„Das ist ja eine stürmische Begrüßung!“

Fisch biss sich auf die Lippen. Sie blieb schweigend sitzen. Tat einfach so, als wäre Kalle gar nicht da.

„Oder auch nicht!“, ergänzte Kalle. Sie sah zu Stefanie, die apathisch auf ihrem Bett lag.

„Was macht die Tusse auf meinem Bett?“

Fisch hörte ihre Finger knacken … Sie stand auf, nahm Kalles Korb, drückte ihr ihn hart vor den Brustkorb und schob sie damit durch die Tür.

„Das ist Stefanies Bett. Du wohnst hier nicht mehr“, kam als knappe Ansage. Kalle war so überrascht, dass sie keinen Widerstand leistete. Fisch knallte die Tür von innen zu und atmete tief durch. *Gut gemacht*, sagte sie zu sich selbst und guckte besorgt auf das Häufchen Elend Stefanie.

Kalle sah in die hasserfüllten Gesichter der Frauen, allen voran Melanie, Godzilla und Gerda, die ihr mit den Billardqueues immer näher rückten. Kalle wich zurück, Angstschweiß trat auf ihre Stirn.

„Was wollt ihr?“

„Rate mal!“ Kalle wollte wieder in Fischs Zelle, aber die Tür ging nicht auf. Panisch sah sie auf die Menge der näher rückenden Frauen, die mit den Queues bedrohlich gegen Treppe und Boden schlugen. Wenn Maja als Fluraufsicht nicht gekommen wäre, hätte es sie voll erwischt. Gerade noch mal Glück gehabt. Aber wer weiß, wie lange …

Kalle versuchte ihre Angst und Erleichterung mit einem lockeren Spruch zu überspielen.

„Ich dachte, ich hatte die 4 gebucht.“

Maja reagierte nicht und lächelte sie nur stumm an. Kalle versuchte die Situation ins Lächerliche zu ziehen. Aber ihre Nervosität schimmerte durch.

„Okay! Ich soll suchen?“ Sie ging auf Zelle 2 zu, wo Melanie ihr aber mit verschränkten Armen den Weg versperrte.

„Nein?“ Zur nächsten Zelle, vor der sich jetzt Godzilla aufbaute. Die Frauen weideten sich an Kalles zunehmender Nervosität. So ging es noch eine Weile weiter, bis Strauss kam.

„Frau Brehme, warum hat Frau Konnopke noch keine Zelle?“, fragte er streng.

„Frau Konnopke wollte erst noch alle begrüßen.“ Maja empfand Genugtuung für die elendigen Schikanen durch Kalle.

„Darf ich bitten?“ Maja zeigte die Treppe hoch auf die Einzelzellen. Kalle zog eine Augenbraue hoch und ging dann mit Maja zusammen die Treppe hinauf. Sie sah sich in der Zelle um.

„Ich hatte mit Meerblick bestellt, Fidschi!“

Maja schüttelte den Kopf. „Du willst einfach nichts lernen, oder?“ Sie ging dicht an Kalle heran. Sie hatte keine Angst mehr. Der Spuk war vorbei. „Verlass dich nicht drauf, dass Dr. Strauss immer in deiner Nähe ist.“ Sie grinste und schlug die Tür absichtlich laut hinter sich zu. Kalle warf wütend den Korb mit ihren Sachen auf den Boden.

„Kalle!! Ich mach dich alle!!“ und „Kalle, du sitzt in der Falle“, skandierten die Frauen vor ihrer Zelle. Fisch hörte zu und dachte an den Messerstich: *Sie hat ihre gerechte Strafe bekommen. Lasst sie doch einfach in Ruhe.*

Ein paar Stunden später tat es ihr fast schon wieder Leid. Kalle hatte beobachtet, wie Stefanie ihr ein Tütchen Heroin in die Hand gedrückt hatte. Sie musste zu Dr. Herzog und da kamen die Drogen nicht gut.

„Laufen die Geschäfte gut?" fragte Kalle so selbstsicher wie immer. Fisch spürte Verachtung in sich aufsteigen. „Was für Geschäfte?"

Kalle hielt auffordernd die Hand auf. Fisch tat so, als wüsste sie nicht, worum es ging.

„Gib schon her!"

„Die Zeiten sind vorbei. Mit *dir* mach ich nichts mehr. Schon gar keine Geschäfte." Ihr Ton war bewusst abfällig.

„Hey, wir sind doch eine Familie. Wir müssen zusammenhalten."

Fisch lachte kurz zynisch auf. „Ausgerechnet *du* redest von zusammenhalten. Du denkst doch immer nur an dich." Verächtlich ergänzte sie: „Nancy sitzt *deinetwegen* auf der C ..."

„Du verwechselst da was! Sie hat mir ein Messer reingerammt."

„Nancy liebt dich über alles. Wenn die auf dich losgeht, dann hast du es mehr als verdient." Fisch spürte, dass bei Kalle das schlechte Gewissen durchschimmerte. Aber sie verbrämte es mit größter Mühe durch eine arrogante Haltung.

„Komm mal wieder runter." Nach einer Pause, für einen Moment versöhnlich: „Lass uns einfach neu anfangen."

Fisch sah Kalle so distanziert wie möglich an und schüttelte nur den Kopf. Aber es schwang auch ein bisschen Trauer mit. Ein Abschied aus Enttäuschung.

„*Du* gehörst eigentlich auf die C!"

Kalle nahm sofort wieder ihre arrogante Haltung ein.

„Gute Idee. Da laufen wenigstens nicht solche Waschlappen rum wie hier.“

Aber die flotten Sprüche sollten ihr bald vergehen. Godzilla und Gerda nahmen sie richtig in die Mangel. Im wahrsten Sinne des Wortes …Sie legten ihre Hand in die Heißmangel und tunkten ihren Kopf ins Wasser, bis sie keine Luft mehr bekam. Sie hatten einen Mordsspaß, Kalle zu malträtieren. Nirgendwo war sie sicher.

„Und merk dir eins, du bist raus aus der Show!“, war der Kommentar. Nur zur Sicherheit, falls Kalle immer noch nicht kapierte. Kalle konnte nur noch nicken. Sie kroch völlig erledigt auf dem nassen Boden Richtung Tür.

Fisch beobachtete das Ganze etwas bekümmert. Auch wenn sie nichts mehr mit Kalle zu tun haben wollte, irgendwie tat sie ihr Leid. Wenn sie gesehen hätte, wie Kalle in ihrer Zelle aus Leibeskräften verzweifelt schrie, ohne einen Ton dabei von sich zu geben, wäre sie vielleicht zu ihr gegangen. Aus der machtversessenen, egoistischen und skrupellosen Kalle war ein erbärmliches Nichts ohne Einfluss geworden. Aber niemals hätte Kalle sich die Blöße gegeben, ihre Wut, ihre Angst und ihre Schmerzen öffentlich zu zeigen.

Fisch sah es ganz klar: Es war nicht mehr ihre Aufgabe, ihrer alten Freundin zu helfen. Es war zu viel passiert. Zu viel Vertrauen zerstört. Stefanie brauchte sie dringender. Sie musste endlich loskommen von dem Dreckszeug. Aber es war schwierig, weil sie Godzilla und Gerda Heroin zum Dealen reinschmuggeln ließ ...

Und dann half Fisch Kalle doch noch ein letztes Mal. Godzilla und Kalle demütigten sie im Gruppenraum. Sie schütteten ihr Salz ins Essen und fütterten sie gnadenlos damit.

„Ein Löffelchen für Nancy. Eins für Fisch ..."

„Jetzt reicht's! Ihr habt euren Spaß gehabt", gab Fisch bestimmt von sich. Gerda und Godzilla nickten gelangweilt und wandten sich ab, als wäre nichts geschehen.

„Danke", lächelte Kalle und trank einen Schluck Kaffee, um das Salz auszuspülen.

Fisch guckte weg, ohne etwas zu erwidern.

Selbst als Kalle versuchte nett zu sein, blieb Fisch hart. Kalle hatte Stefanie vor den Schlusen verteidigt und ein Tütchen Stoff in Sicherheit gebracht.

„Das macht man so, unter Freunden." Kalle versuchte es immer wieder mit der freundschaftlichen Nummer. Aber es war zu spät und sowieso nicht ehrlich. Kalle lächelte Fisch an und erwartete Dankbarkeit. „Alles klar?"

„Hör mal. Das war ... echt korrekt." Fisch war sehr verhalten. Kalle bedankte sich mit einem Kopfnicken. Dann kam der Dämpfer: „Aber das war's dann auch." Fisch fiel es nicht leicht, das zu sagen, aber sie hatte absolut keine Lust auf die Wiederholung der Wiederholung. Kalle sollte spüren, dass sie nie wieder in der Position sein würde, Befehle zu erteilen. Kalle war bemüht, sich ihre Enttäuschung nicht anmerken zu lassen.

Dann kam Fischs Finale: „Meine Freunde such' ich mir selber aus." Damit öffnete sie die Zellentür, ging hinein und schlug sie hinter sich zu. Kalle blieb allein zurück. Mutterseelenallein auf dem leeren Flur.

Fisch fühlte sich befreit. Sie war Kalle los. Die hohlen Parolen, die vielen Enttäuschungen. Verrat, Misstrauen und Eifersucht waren Vergangenheit. Sie hoffte es inständig und vergrub ihre Daumen in den Händen, bis sie ihre Finger knacken hörte …

Die Bände der „Hinter Gittern"-Reihe können Sie im Buchhandel kaufen. Sollte Ihr Buchhändler diese nicht vorrätig haben, kann er sie sofort bestellen.

Sie können einzelne Bände auch beim Dino-Leserservice, Gerlinger Str. 140, 71229 Leonberg, Fax 07152/358689, E-Mail DinoLeserservice@aol.com, bestellen.

…ziellen Bücher zur Serie!

Vorgeschichten

Band 13:

ISBN 3-89748-421-8

Die Geschichte der Jule Neumann

Band 12:

ISBN 3-89748-310-6

Die Geschichte der Sofia Monetti

Band 11:

ISBN 3-89748-301-7

Die Geschichte der Mona Suttner

Band 9:

ISBN 3-89748-227-4

Die Geschichte der Conny Starck

Band 8:

ISBN 3-89748-225-8

Die Geschichte der Margarethe Korsch

Band 7:

ISBN 3-89748-224-X

Die Geschichte der Sabine Sanders

Band 6:

ISBN 3-89748-226-6

Maximilian Ahrens – Ein Leben Hinter Gittern

Band 5:

ISBN 3-89748-166-9

Die Geschichte der Katrin Tornow

Knastgeschichten

Band 36:

ISBN 3-8332-1133-4

Fisch & Co. – Trio infernale

Band 34:

ISBN 3-8332-1039-7

Sascha und Kerstin – Liebe in Fesseln

Band 31:

ISBN 3-8332-1036-2

Nina & Andy – Verbotene Gefühle

Band 26:

ISBN 3-89748-716-0

Simone Bach – Alles aus Liebe

Band 22:

ISBN 3-89748-574-5

Walter – Liebe hinter Gittern Teil 3

Band 17:

ISBN 3-89748-470-6

Die Vattkes – auf Leben und Tod

Band 16:

ISBN 3-89748-440-4

Jutta Adler und die Liebe

Überall im Handel!

Oder – zuzüglich Versandkosten – direkt bestellen bei:
Dino-Leserservice,
Gerlinger Straße 140,
71229 Leonberg,
Fax: 071 52/35 86 89
Regelmäßig kostenlose Informationen im Internet unter
www.hintergittern-buch.de